Als Friedrich das Wartezimmer betritt, ist es bereits überfüllt, so dass er sich nicht setzen kann und daher mit einer Ecke in Fensternähe vorliebnimmt. Sich anzulehnen wagt er nicht, so dass es bei einer Andeutung bleibt, einem kaum merklichen Zurückbeugen des Oberkörpers zur Wand hin, die er nicht berührt. Auch in den anderen Ecken des Raums verweilen Wartende, die gelangweilt aus dem Fenster schauen, manche seitlich an der Wand lehnend, die Füße übereinander gestellt. Friedrich fühlt sich den Blicken der Übrigen ausgesetzt, so als ob ihn der Umstand, dass er stehend seinen Aufruf erwartet, von diesen abhebt, die ihn jedoch nicht beachten. Unsicher verlagert er sein Gewicht von einem Bein auf das andere und blickt verlegen von unten herauf in die Runde, obwohl er die Sitzenden überragt und also den Kopf weit nach vorne strecken muss, in dieser anstrengenden Haltung verharrend.

Manche blicken sorgenvoll, einige wenige sogar ängstlich, wie Friedrich findet: Sie reiben unaufhörlich die wie zum Gebet gefalteten Hände aneinander, die Beine stehen nicht still, sondern wippen auf und ab, von lautem Ein- uns Ausatmen begleitet. Einer öffnet die Beine immer wieder in Kniehöhe, während die Füße am Boden verharren, so dass die Knie zuerst gerade voneinander fliehen, ehe sie wieder aufeinander zu stürzen. Friedrich selbst fürchtet sich nicht. Das Gefühl ist ihm fremd, seit langem schon. Als Kind war es anders. Und doch ist ihm die Erinnerung daran lieb, er wünscht sich, ein Teil dieser Furcht hätte sich hinübergerettet, hinüber in sein Erwachsenenleben. Als Kind war das Gefühl der Angst für Friedrich untrennbar verbunden mit dieser Welt, der Welt der Wartezimmer, die sich überall gleichen: nichtssagende

Sitzmöbel aus hellem Holz, lückenlos aneinander gereiht, so dass dem Wartenden daran gelegen ist, zu beiden Seiten einen freien Platz zu bewahren, um dem Nachbarn nicht zu nahe zu kommen oder ihn gar zu berühren; abgegriffene Zeitschriften auf niedrigen Ecktischen; ein steriler Geruch, von peinlicher Sauberkeit, alles stillos und fremd. Alte Frauen, die nur des Wartens wegen da sind. Sie tratschen, tauschen Geschichten aus. Leidensgeschichten. Sie prahlen mit ihrem Kummer, wollen sich mit dem Ausmaß ihres Leidens übertreffen. Nur um sich zu messen, sind sie hier. Man hört von Geschwüren, Geschwülsten und Gebrechen. Vom stechenden, klopfenden und ziehendem Schmerz. Von Müdigkeit, Apathie und Depression. Die Dauer des Wartens ermisst sich am Fortschreiten der Zeiger einer schlichten runden Uhr mit weißem Ziffernblatt über der Tür. Jeder misst die eigene Zeit und die der anderen. Argwöhnisch registriert man die Position jedes einzelnen in der Wartehierarchie, empfindet Genugtuung, wenn es mit rechten Dingen zugeht, ist empört, wenn dem nicht so ist. Man schätzt die verbleibende Zeit, ist guter Dinge, dann wieder ärgerlich. Die Uhr über der Tür wird zum steten Blickfang. Der Aufruf schließlich, das Ertönen des eigenen Namens aus den Lautsprechern, grenzt einen ab von den übrigen, die verweilen müssen. Erhobenen Hauptes verlässt man den Platz, weiter zum nächsten, zum eigenen persönlichen, den man ganz für sich hat. Grelles Licht, das mit seinen kalten Fingern in jede Ritze dringt, eine mit einer transparenten Kunststoffmatte bedeckte Liege, unangenehm knirschend, wenn man sich hinsetzt. Endlose Reihen von Fachbüchern in weiß lackierten Regalen, nur zu dem Zweck vorhanden, den Patienten einzuschüchtern, schließlich der Ruf der Schwester, dass der Doktor gleich komme – immer kommt er gleich, sofort, jeden Moment – soll Trost spenden und tut es auch. Man glaubt, es gleich geschafft zu haben, und wartet wieder. Man wartet, damit der andere, der Doktor, nicht warten muss. Er ist wichtig. Er wirkt gehetzt, wenn er schließlich hineinstürzt, sehr in Eile, gleich ist er bei seinem Tisch, hebt kaum den Blick zu dem, der ihn aufsucht – so viele suchen ihn ja auf. Er starrt in den Computer, ruft Informationen ab, die es ihm erlauben, den Fall einzuordnen, einem Standard zu unterwerfen und damit abzuhaken. Abhaken und weiter zum nächsten Fall. Dabei endlos plappernd, unverständlich oder im jovialen Stil eines Wissenden, welcher ein Kind unterrichtet. Nach wenigen Minuten ist man entlassen und wird hinauskomplementiert. Skurril die Beschleunigung dieses Prozesses, vom Beginn des zwar absehbar endlichen aber doch unbestimmten Wartens bis hin zum rasenden Ende, als würde ganz langsam eine Feder gespannt und plötzlich losgelassen. Friedrichs Hausarzt Dr. Weber unterscheidet sich: Er trabt behäbig von einem Raum zum nächsten, die Tür lässt er nicht ins Schloss fallen, bedächtig drückt er die Klinke herab, ehe er sich seinem Patienten zuwendet. Friedrich konsultiert ihn seit Kindesbeinen an. Seine Praxis befindet sich nur wenige Gehminuten von Friedrichs Elternhaus entfernt, so dass er sich schon als Zehnjähriger in die Lage versetzt sah, seine Besuche allein, ohne mütterliche oder väterliche Hilfe durchzuführen. Die Sprechstundenhilfe ist seit Jahr und Tag dieselbe: Ein kleiner verkniffener Mund in einem zerfurchten, merkwürdig großen und leicht gerötetem Gesicht. Die Brille sitzt ihr vorn auf der Nasenspitze, so dass sie Friedrich mit ihren wässrig grünen kleinen Augen fast immer über die Gläser hinweg mustert. Sie mag Kinder nicht. Oft litt Friedrich unter einer hartnäckigen Bronchitis. Wenn er dann hustend und schniefend am Empfang stand, verwies sie ihn mit spitzem Finger und verächtlicher Miene in den Wartebereich, und obgleich er oft in dem für die kleine Praxis fast lächerlich großen Raum der einzige Patient war, musste er lange Zeit dort verbleiben, ehe sie ihn in das Untersuchungszimmer schickte. Es schien ihm lang, wie jedes Warten für ein Kind lang ist, da in ihm ein Feuer brennt, das erst erstirbt, wenn es erwachsen wird.

Die Miene des Hausarztes ist unverbindlich, als er Friedrich dieses Mal lächelnd entgegentritt. Seine Augen blicken freundlich über einer fleischigen, etwas schiefen Nase, die sich ihrerseits in einen weit ausladenden schon stark ergrauten Schnurrbart bettet, der ihm wohl auch hier und da in der Nase kitzelt und überhaupt wenig Luft lässt, denn er schnauft laut, und manchmal fährt er sich in einer Weise mit dem Finger über die Nasenspitze, als wolle er eine dort sitzende Fliege verscheuchen. Nach kurzem Nachfragen drückt er das metallisch kalte, scheibenförmige Ende seines Stethoskops auf Friedrichs Brust, steckt sich die beiden anderen Ende in die Ohren und legt den Kopf fast andächtig zur Seite, um den Geräuschen zu lauschen, die aus jenes kränklichem Inneren dringen. Hier und da klopft er mit dem Fingermittelgelenk gegen Friedrichs Brust. Da er kleiner als Friedrich ist und den Kopf jetzt noch schiefer hält, blickt Friedrich auf die von nur wenigen silbrigen Haarfäden überzogene Oberseite des Medizinerschädels, der ihm wuchtig und kantig unmittelbar vor Augen steht. Ein abgestandener Altmännerduft entströmt dem weißen Kittel, der sehr lose an dem anderen herunterhängt. Friedrich würde sich gerne abwenden, wagt es aber nicht, verharrt also angestrengt mit möglichst weit zurückgeworfenem Oberkörper. Friedrich folgt den Anweisungen des Untersuchenden und hustet auf Verlangen.

Auf Nachfrage berichtet er von dem Druckgefühl in seiner linken Körperseite, fast unmittelbar unter der Achselhöhle. Die Haut darüber ist empfindlich und sträubt sich gegen jede Berührung. Als der andere mit seiner großen fleischige Hand über die Stelle fährt, zuckt Friedrich zurück. Das Zucken wird von Dr. Weber sogleich durch ein eigenes Zucken bestätigt, dessen er sich schämt, denn er hüstelt sogleich auffällig, entfernt sich zum Schreibtisch und notiert etwas, wie es Friedrich scheint.
Das Druckgefühl hatte sich ein paar Tage zuvor am späten Abend eingestellt – sehr unbestimmt und vage, kaum greifbar, möglicherweise im nächsten Augenblick verschwunden, schließlich aber doch messbar - und war auch am nächsten Morgen noch da. Der Gang zum Arzt schied zunächst aus. Als aber auch an den nächsten Tagen keine Besserung eintrat, war Friedrich verunsichert und entschied sich schließlich doch hinzugehen. Dr. Weber aber an seinem Tisch ist ratlos, plappert unverständlich vor sich hin, legt das Stethoskop endgültig zur Seite und blickt aus dem Fenster. Dennoch schreibt er Friedrich krank, für einige Tage zunächst.

Friedrich liegt ausgestreckt auf seinem roten Stoffsofa im Wohnzimmer. Er muss die Beine nicht anziehen, die Sitzfläche ist ausreichend groß, um nicht anzustoßen. Auf drei Seiten ist er von hohen abschließenden Wänden umgeben, die ihn schützend umfassen. Eines der Kissen hat er unter den Kopf geklemmt. An den Wochenenden liegt er oft hier, vor allem an Nachmittag und blickt geradeaus an die hohe Decke. Manchmal nimmt er ein Buch zur Hand, dessen erste Kapitel er überfliegt, um es dann ungelesen abzulegen, den Zeigefinger aber als Lesezeichen noch zwischen die Seiten geklemmt. Er

weiß nicht mehr, welchen Nutzen er aus der Literatur ziehen könne. Er hat es vergessen.
Jetzt führt er die rechte Hand zu seiner linken Seite, schiebt sie unter sein Unterhemd und streicht vorsichtig über die Stelle. Der Schmerz ist ein wenig stärker geworden. Friedrich versucht, die Zunahme in Gedanken zu messen. Er zieht die Hand wieder zurück und schließt die Augen, da die herbstlich tief stehende Sonne durch das ihm gegenüber liegende Fenster in sein Gesicht scheint. Der Himmel dahinter ist von einem tiefen Blau. Friedrichs Gedanken kreisen um den ihm fremden Schmerz, der großflächig ist, aber unbestimmt und wie verwischt. Ein Spannen und Schieben. Etwas verändert sich. Dennoch: Friedrich will warten und beobachten. Ein paar Tage will er auf jeden Fall verstreichen lassen, er nimmt sich vor, die empfindliche Stelle an seiner linken Seite jeden Morgen und jeden Abend vor dem Spiegel zu betrachten, um sie mit früheren Messungen zu vergleichen.
Er ist müde. Die milden Strahlen der Nachmittagssonne wärmen sein Gesicht, das sich nun ein wenig heiß anfühlt. Er dreht sich zur Seite und schiebt seine Hand stützend unter sein Ohr, die andere Hand umklammert den Unterarm. Die Augen schließt er nicht, denn er will nicht einschlafen. Er meidet den beklemmenden unnatürlichen Schlaf am Nachmittag. Er weiß: Nach einer Weile wachte er auf und wäre gänzlich erschöpft, die Sinne für Stunden benebelt, die Glieder steif. Nur mit großer Mühe fände er zurück, als hätte ihn die kurze Spanne des Träumens dem Lauf der Welt entrissen. Die Sonne wäre bereits untergegangen, er müsste in den schwindenden Tag zurück. Friedrich zieht es vor, bis zum Abend zu warten, ehe er seine Augen schließt.

Früher war es anders: Als Kind verschlief Friedrich viele Nachmittage. Kaum daheim, legte er sich aufs Bett, blickte eine Weile durch das Dachfenster schräg über seinem Bett auf ein kleines viereckiges Stück Himmel: auf rasch vorbeiziehende Wolken, eine undurchdringliche schwarze Regenwand, auf ein trübes, nasses Grau, aus dem schwere Flocken fallen, in die Endlosigkeit eines kräftigen, tiefen Blau an einem stillen Sommertag. Weil er den Horizont nicht sah, war es ein nur ein Ausschnitt der Welt, an dem er sich festhielt, den er aber für das Ganze nahm. Das in der Ferne heranrasende Unwetter bemerkte er nicht, die brüchig werdende Wolkenmasse am Horizont blieb ihm verborgen. Nur den Ausschnitt ließ er gelten. Oft schlief er ein. Die Dunkelheit, die seine träumerische Abwesenheit in den Wintermonaten ausnutzte, um das Licht zu vertreiben, kümmerte ihn bei der Rückkehr nicht. Er erwachte frisch und ausgeruht, mit klarem Kopf.

Nur mit einem Handtuch um die Taille erklimmt Friedrich die unteren Sitzreihen und nimmt auf der obersten Bank Platz, obwohl er mit dem Kopf beinahe an die Decke stößt. Nur wenige andere Besucher sind zur späten Stunde hier, um sich in der flimmernden feuchten Hitze zu entspannen. Sie sitzen oder liegen sämtlich in den unteren Reihen, einige davon völlig entblößt. Friedrichs Blick streift eine Frau mittleren Alters, die mit geschlossenen Augen links unterhalb von ihm liegt, die Beine leicht angewinkelt. Sein Blick kehrt sogleich zu ihr zurück. Sie atmet flach, kaum hörbar, während andere lautstark pusten, um der Hitze zu trotzen. Ihre Haut ist von einer makellosen Bräune, glatt und glänzend. Die schlanken

Arme ruhen an den Seiten des Körpers. Die Brüste, deren Warzen von kleinen dunklen Höfen umfasst sind, sind leicht nach außen geschoben. Friedrich wendet den Blick ab, hält sogar eine Weile die Linke wie schützend vor die Augen, während er mit den Fingerspitzen seine Stirn massiert, knickt dann aber ein und schaut wieder hin. Sie bemerkt es wohl: Ihr Puppenmund ist wie spöttisch angespitzt, als spüre sie seine Blicke und billige sie. Die Beine, die bisher eng aneinander lagen, löst sie in Kniehöhe leicht voneinander, während die Füße weiterhin dicht beieinander stehen. Eine wie zufällige Bewegung, die Friedrich erregt, ihn aber dennoch zum erneuten Abwenden des Blickes zwingt.

Ein Stück von ihm entfernt schwitzt ein kleiner übergewichtiger Mann mit Brille und Oberlippenbart. Dieser bewegt sich vorsichtig und berechnend, mit großer Behäbigkeit. Friedrich beobachtete ihn bereits früher einige Male: Sein Gesicht ist breit und kantig, der Mund streng unter dem akkuraten Oberlippenbart. Er spricht nur wenig. Seine Stimme ist leise, manchmal hört man nur ein Flüstern. Dann aber spricht er schnell. Er könnte ein Bankangestellter sein. Vielleicht auch ein Buchhalter. Ein Mann hinter einem Schreibtisch. Ein einsamer Mann ohne Familie. Einer, dessen Tage immer die gleichen sind. Einer, der am Morgen immer um dieselbe Zeit ins Büro kommt und es am Abend zu gleichen Uhrzeit verlässt. Das Mittagessen in der Kantine nimmt er allein ein. Seine Kollegen bitten ihn nie, sich ihnen anzuschließen. Sie sitzen ein paar Tische entfernt und schauen manchmal lachend herüber. Er ist freundlich zu jedem, ohne wirklich herzlich zu sein. Er ist reserviert, besitzt zwar Humor, aber nur einen lauen und harmlosen. Die Abende verbringt er allein vor dem Fernseher. Vor dem Schlafengehen faltet er seine Sachen ordentlich zusammen. Seine Kleidung für den nächsten Tag liegt auf einem Stuhl bereit. Seine Pantoffeln stellt er parallel vor das Bett. Seine Brille kommt auf den Nachttisch, ehe er seine Armbanduhr auszieht und mit dem Ziffernblatt nach oben neben die Brille legt. Er hält einen Moment inne, als besinne er sich für einen Augenblick, bevor er das Licht der Nachttischlampe löscht. Langsam gleitet er unter die blütenweiße Decke, faltet die Hände vor der Brust und wartet auf das Ende des Tages. Freunde hat er keine, nur flüchtige Bekannte. Bekannte, die man auf der Straße beim Vorbeigehen trifft, die kaum stehen bleiben, die weiter wollen, die rasch drei, vier Meter zwischen sich und ihn bringen, so dass ein Zwischenraum entsteht, der durch Zurufe nur halb überwunden wird, aber dennoch nicht wieder geschlossen wird. Ein verlegenes Lächeln, ein nicht ernst gemeintes Versprechen, mal etwas miteinander zu unternehmen, und sie sind fort. Die Wochenenden unterbrechen das ewig gleiche Einerlei. Aber er weiß nichts mit sich anzufangen. Er geht spazieren. Manchmal geht er ins Museum, wo er vor jedem Exponat stehen bleibt und die Worte auf den kleinen Metallschildern liest, die daneben angebracht sind und die in ihrer Gesamtheit eine Menge an Information bilden, die niemanden in sich aufnehmen kann. Er versucht es dennoch, liest die Schilder aufmerksam, dreht eine winzige Runde, während er für sich selbst wiedergibt, was er soeben gelesen hat, kehrt noch einmal zurück und prüft, was er im Gedächtnis behalten hatte. So geht es mehrere Male. Er zieht der Blicke der übrigen auf sich, auch der Wärter, die ihn aber schon kennen und in Ruhe lassen. Er will aber gar nicht in Ruhe gelassen werden. Später setzt er sich in einem kleinen Café auf einem Barhocker an das große

Fenster und beobachtet die Menschen, die draußen vorbeigehen.
Verwandte hat er nur wenige, vielleicht eine entfernte Tante, die er nur an Weihnachten besucht. Dort sitzt er dann einige Stunden auf einem geschmacklosen Sofa, trinkt dünnen Kaffee, isst trockenen Kuchen und lauscht den Geschichten seiner Tante. Geschichten, die er nicht mehr hören mag. Er lächelt dazu, wie er überhaupt viel lächelt, ein stummes hilfloses Lächeln. Schließlich daheim: ein kleiner, nur spärlich geschmückter Weihnachtsbaum ziert sein Wohnzimmer. Um die Zweige des Baums ist eine elektrische Lichterkette geschlungen. Er dimmt das Licht an der Zimmerdecke, setzt sich in den einzigen Sessel und betrachtet die Kette, die den sie umgebenden Baum in ein friedliches und heimeliges Licht taucht. Die Zweige leuchten in einem satten Grünen. Auf der Oberfläche der silbrig glitzernden Kugeln blitzt und funkelt es. Er sitzt still davor. Er wird ein bisschen nachdenklich, auch wehmütig. Er weiß nicht, warum. Bald ist wieder Schlafenszeit. Ein paar Tage noch, dann ist das alte Jahr vorüber. Ein neues beginnt, dem alten gleich.
Als Friedrich nach seiner Rückkehr die Tür zu seiner Wohnung öffnet, begegnet er einer feindseligen Stille. Er tritt ein und lässt sich auf einen Stuhl sinken. Obwohl er die Stille hasst, spricht er kein Wort, stellt das Radio nicht an, greift nicht zur Fernbedienung des Fernsehers. Er hebt den Kopf und lauscht. Blinzelnd blickt er in die jetzt sehr tief stehende Sonne, die den Raum in ein warmes Licht taucht. An der Wand tickt eine Uhr. Es ist das einzige Geräusch, eines, das die Stille noch verstärkt. Friedrich bleibt sitzen, Jacke und Mütze hat er noch nicht abgelegt, schutzlos tritt er diesem Schweigen entgegen, lässt es in sich eindringen und spürt es jetzt wie ein dumpfes Dröhnen

in den Ohren. Er atmet tief ein und aus, als müsste er seine Kräfte sammeln. Jedes Einziehen und Entweichen der Luft begleitet er nun mit einem eigenen Geräusch, das er der Stille entgegenschleudert. Er lässt den Kopf leicht zur Brust sinken, blickt aber weiter geradeaus auf die gegenüberliegende Wand, als blase er zum Angriff gegen die nur vom monotonen Ticken der Uhr unterbrochene Stille, die auf ihn gewartet und gelauert hat. Friedrich erinnert sich nicht mehr, wann es das erste Mal geschehen ist. Er weiß: Als er ein Kind war, umgab ihn eine gewöhnliche Stille, das schlichte Fehlen jedes Geräuschs, eine stumme Kulisse, in der er sich bewegte, als wäre sie nicht da. Irgendwann später aber – und dieses Irgendwann musste mit seinem Heranwachsen aufgetreten sein – geschah es das erste Mal, als umschlösse ihn die Stille wie ein zäher Brei, verlangsame seine Bewegungen und lähme seine Gedanken.

Friedrich erhebt sich von seinem Platz und beginnt auf- und abzugehen. Das kann helfen, wie er weiß. Der Stille etwas entgegenzuhalten, sich zu bewegen trotz des Hindernisses. Oder zu fliehen, indem er ein Buch in die Hand nimmt, zumeist eines, das er schon oft gelesen hat, das er kennt. Rasch findet er die Stellen, die ihn schützen und die er leise vor sich hin spricht, ohne den Zeilen mit den Augen folgen zu müssen. Er kann sie auswendig. Er flüstert die Botschaft vor sich hin, schlägt das kalte Stumme mit den eigenen Waffen, indem er ihm eine eigene Stille, eine innere Stille entgegenhält, die er beherrscht, die nur ihm gehört. Die Bücher, die helfen, liegen überall aufgeschlagen herum. Falls nicht, hat er die hilfreichen Seiten mit kleinen bunten Zetteln markiert, um nicht lange suchen zu müssen. Die Bücher sind alle zerlesen, manche zerfleddert und seit vielen Jahren in seinem Besitz. Er begann mit dem Lesen, dem ernsthaften Lesen, das in die Tiefe reicht, als er zwanzig Jahre alt war. Vorher war es eine lästige Pflicht gewesen, die ihm durch die Schule auferlegt worden war. Friedrich wusste bald: Nichts unterscheidet die Menschen mehr als ihr Verlangen nach Lektüre oder eben das Fehlen derselben. Das ist eine Kluft, die durch nichts zu überbrücken ist. Jemand, der nicht liest, schwimmt an der Oberfläche eines riesigen Ozeans, dessen Tiefen er nicht erahnen kann. Er schwimmt, den Blick unentwegt nach vorne gerichtet, nie nach unten blickend und keine Sehnsucht danach verspürend. Die Stellen in den Büchern, die Friedrich helfen, erzeugen seine persönliche Stille: die Stille eines kristallen glitzernden schneebedeckten Waldes in einer eisigen Winternacht, die Stille sanft und gleichmäßig fallender Flocken unter einem grau verschleierten Himmel, die Stille fremder Welten irgendwo im unvorstellbaren Weltalls, die Stille eines alten Mannes am Meer. Die Stille seines sonnenverbrannten Gesichtes, wenn er am frühen Abend auf die dunkle endlose Weite zu seinen Füßen blickt. Die untergehende Sonne blendet ihn. Er schützt seine Augen mit seiner rechten Hand, die er zur Stirn führt. Er schaut hinaus. Eine leichte Melancholie durchflutet sein Herz, ein Hauch von Müdigkeit und Resignation. Aber er lächelt. Er blickt schließlich zur Seite, schüttelt leicht den Kopf, doch noch immer lächelt er. Eine solche Stille hält Friedrich seinem Feind entgegen.

Der Feind gibt sich nicht immer geschlagen. Wenn sich Friedrich am Abend schlafen legt, wartet er manchmal darauf, dass Friedrich einschläft. Mit weit aufgerissenen Augen liegt Friedrich dann da und lauscht auf Wände, Decke und Boden. Manchmal blickt er hinab zum Fußende des Bettes, als ob von dort die größte Gefahr drohe. Es ist kalt und klamm im Zimmer. Die Decke schützt nicht. Das Kissen riecht nach

Schweiß, nach dem Schweiß vergangener Nächte. Seine Oberfläche ist rau. Friedrich wälzt sich hin und her. Dann liegt er still auf den Rücken und streicht die Decke glatt. Hier und da ein Knarren oder ein Quietschen. In der Nachbarwohnung hört er Musik spielen, dumpf dringen die Töne zur ihm herüber. Draußen fährt ein einsames Auto vorüber. Eine Weile nichts. Dann wieder eins. Jemand schlägt eine Tür zu und stapft durchs Treppenhaus.
Wieder ertastet Friedrich seine linke Seite. Vorsichtig streicht er mit dem Zeigefinger der linken Hand über den dritten und vierten Rippenbogen. Im Zwischenraum zwischen den knöchernen Bögen fühlt er eine Verhärtung, so dass sein Finger wie über eine einzige große Knochenfläche gleitet. Oberhalb der dritten und unterhalb der vierten Rippe sackt er dagegen in die Vertiefung, die den Zwischenraum zur nächsten Rippe oberhalb bzw. unterhalb bildet. Er kann nicht mehr liegen. Im Badezimmer stellt er sich vor den großen Spiegel und knipst die darüber angebrachten Birnen an, welche seinen Oberkörper in ein kaltes grelles Licht tauchen. Er tritt ganz nah an den Spiegel heran, so dass er ihn fast mit der Stirn berührt und blickt von oben auf sich herab. Zwei oder drei einzelne lange Haare an der Seite. Schnell zieht Friedrich sie heraus. Sonst erkennt er nichts. Die Haut ist ebenmäßig glatt und keinesfalls gerötet, eher blass. Er schließt die Augen und streicht wieder mit dem Finger darüber. Erneut spürt er die Verhärtung, die er im Spiegel jedoch nicht auszumachen vermag.
In der Nacht träumt er von einem Fremden, der ihm unentwegt folgt. Dessen Gesicht ist nicht zu erkennen, es bleibt verschwommen. Friedrich ruft ihm zu, beschwört ihn, doch endlich fort zu gehen oder ihm wenigstens Auskunft darüber zu geben, was er von ihm verlange oder erwarte. Friedrich

beschimpft den Fremden, stößt Drohungen aus. Endlich tritt er nach ihm und will ihn verjagen. Der andere erträgt es mit Gleichmut, rückt nun sogar noch ein Stückchen näher an Friedrich heran, so dass dieser den Atem des anderen in seinem Nacken spürt und den merkwürdig süßlichen Geruch wahrnimmt, der von dem Fremden ausströmt. Dieser sagt kein Wort, aber Friedrich spürt, dass ihn der andere aus gleichgültigen Augen unentwegt anblickt. Nun steht er direkt vor Friedrich, der nicht in der Lage ist, dessen Blick standzuhalten. Er hält den Kopf gesenkt und kann ihn nicht wieder heben, als wäre er durch eine unbestimmte Kraft nach unten gezogen. Friedrich ahnt: Der andere ist wie verwischt, als würde er mit ungeheurer Geschwindigkeit zittern, so dass ihn Friedrich auch dann nicht erkennen könnte, wenn er in der Lage wäre, den Kopf zu heben und den Fremden anzublicken. Dieser tritt nun hinter Friedrich und umfasst ihn mit seinen kräftigen Armen, die dessen Brust fest umschließen und ihm die Luft zum Atmen rauben. Friedrich will sich lösen. Wann immer er jedoch den eisernen Griff lösen will, greifen seine Hände ins Leere. Er bekommt die Arme des anderen nicht zu fassen, der nun gar noch näher an ihn heranzurücken scheint. Friedrich spürt die Wärme des erhitzten Körpers, der Brust, der Hüfte, der Beine. Der Fremde presst seine Stirn in Friedrichs Nacken. Ein kalter Schauer durchzuckt den so Gepeinigten. Immer fest drückt der Angreifer seinen Kopf auf Friedrichs Hals, so dass dieser sich nach vorne beugen muss, um dem Druck auszuweichen. Auch der andere beugt sich nach vorne und scheint Friedrich nun von hinten ganz zu umschließen. Immer tiefer beugt sich Friedrich herab, schon berührt seine Nase das linke Knie. Die Beine des Fremden umschlingen Friedrichs Beine, der spürt, wie jener den Kopf ein wenig zur

Seite dreht, mit dem Gesicht an Friedrichs Rücken hinab gleitet und den Kopf schließlich unter Friedrichs linkem Arm hindurchschiebt, um ihn schließlich mit einer flüssigen Bewegung nach oben zu drehen. Ganz nah spürt Friedrich die Hitze dessen linker Wange an seiner Brust. Trotz dieser Verbiegung lässt er Friedrich nicht los. Friedrich versucht, sich ein wenig aufzurichten, aber die Klammer, die ihn umschließt, ist nicht zu überwinden. Ein furchtbarer Schmerz in seiner linken Seite lässt ihn aufwachen. Lange schläft er nicht wieder ein.

Am späten Vormittag steht Friedrich auf. Die lauernde Stille des Abends ist gewichen, der Raum um ihn herum wirkt wie befreit von der alles bedeckenden Schwüle der vergangenen Stunden, Friedrich fühlt sich wie ein Gesundender, der mit dem Vergehen der Nacht auch seine Krankheit hinter sich gelassen hat. Das leichte Druckgefühl an seiner linken Seite beachtet er nicht, es scheint einem Schatten gleich bereits zu verblassen. Mit einer Tasse Kaffee und einem Stück Kuchen setzt er sich an den Küchentisch und liest in einem alten Buch, das er vor wenigen Tagen aus seinem Regal im Wohnzimmer gezogen hat, wo es über Jahre unangetastet gestanden hatte. Friedrich erinnert sich, es damals in einem Antiquariat seiner Heimatstadt gefunden zu haben. Friedrich liebt solche Läden: die Wände bis zur Decke mit staubigen Wälzern bedeckt, kleine, verwinkelte und unzureichend beleuchtete Räume, zum Verweilen und Verlaufen einladend, in manchen steht ein altes durchgesessenes Plüschsofa. Der Besitzer ist nicht auszumachen oder sitzt versteckt in einer Ecke, man sieht ihm nicht an, dass ihm all das gehört, noch weniger glaubt man, dass er vom Verkauf seiner Schätze leben kann oder will. Er wirkt selbst wie ein Besucher, in einem ihm anscheinend

fremden Werk lesend ignoriert er die Eintretenden. Friedrich kannte den Titel des Buches, das er jetzt in Händen hält, und erwarb es, fand dann aber keine Zeit, sich damit abzugeben und stellte es zu den anderen in seinem Zimmer. Bei jedem Umzug zog er es hervor, betrachtet den Rücken und las die kurze Inhaltsangabe auf der Rückseite, ehe es zu seinen ungelesenen Kameraden zurückkehrte. Friedrich liest:
Ein Mann errichtet mitten in einem Wald, fernab jeglicher Zivilisation, eine Hütte. Er fällt viele Bäume und schleppt sie mit der Kraft seiner Arme heran. Viele Tage lang baut er an seiner Behausung, die Nächte verbringt er zusammengekauert im Schutz einer nahe gelegenen Höhle, wo er sich eine Feuerstelle eingerichtet hat. Von früh bis spät plagt er sich mit seiner Baustelle. Niemand kommt, um ihm zu helfen. Er spricht kein Wort. Konzentriert geht er seinem Tagwerk nach, nach dessen Beendigung am Abend er erschöpft auf seinem Lager einschläft. Schließlich zieht er in seine Hütte ein, die ihm wie ein prachtvolles Schloss erscheint. Nach und nach erweitert er seinen Bau. In der Stadt kauft er sich ein paar Stück Vieh, die er in einem Stall neben seiner Hütte unterbringt. Ein Gemüsegarten wird angelegt und mit einem kleinen lackierten Holzzaun umfasst. Seine Gedanken am Morgen sind auf die Aufgaben des kommenden Tages gerichtet, nie schweifen sie müßig in die Ferne. Wenn er einmal in seinem Schaffen innehält, lauscht er den Rufen der Tiere des Waldes oder dem Rauschen der Baumkronen im Wind. Manchmal, wenn er sich ausruht, legt er seine Stirn auf die raue Rinde einer Birke, schließt die Augen und atmet tief ein und aus. Aber er hört nicht mehr nach innen, mit dem Werk seiner Hände hatte es aufgehört. In den Jahren in der Stadt war er von einer Anstellung in die nächste gestolpert. Nirgendwo

wollte man ihn länger als für ein paar Monate beschäftigen. Am Abend saß er still in seiner Stube, auf einem kleinen Hocker, und lauschte der Stimme, die aus ihm selbst heraus zu ihm sprach. Ein Rinnsal geflüsterter Worte, die ihm alle Zweifel der Welt einflößten. All ihre Sorgen und Nöte. All ihre Unzulänglichkeiten und Ungerechtigkeiten. Bis in den frühen Morgen hinein lauschte er ihr, denn sie schwieg fast nie. Einem leise plätschernden Bach gleich drang sie an sein Ohr. Erst wenn ihm die Müdigkeit in allen Gliedern saß, hielt sie inne. Ein aschgrauer Morgen folgte einer traumlos kurzen Nacht. Er stürzte sich in einen neuen Tag. Am Abend war die Stimme wieder da.

Im Wald hört er die Stimme nicht mehr. Sie schweigt. In den ersten Tagen freilich, nach Sonnenuntergang, wenn er sich auf sein Strohlager in der Höhle gebettet hatte, vermeinte er bisweilen noch ihren vertrauten und gefürchteten Klang zu vernehmen. Aber es war nur das Kitzeln der Strohhalme an seiner Schläfe oder das Rascheln der Mäuse im Unterholz oder das stille gleichmäßige Atmen der kühlen Felsenwände über ihm. Die bloße Erinnerung an die Jahre in der Stadt hatte ihn glauben lassen, dass ihn die Stimme auch hier draußen, im Wald, nicht in Ruhe lassen würde. Sie ließ ihn in Ruhe. Die Muskeln seiner Arme wurden groß und fest, seine Hände rau und schwielig, sein Bart wuchs ihm über die Brust, das Haar des Kopfes fiel ihm schließlich über die von der Sonne braun gegerbten Schultern, aber sein Geist war still und leer. Wie der Wald um ihn herum an einem eisig kalten Wintermorgen, wenn der Nebel noch zwischen den Bäumen hängt und die Sonne die dunkle Halle aus Stämmen in ein fahles, unwirkliches Licht taucht. Wie die spiegelglatte Fläche eines tiefen schwarzen Sees in der Ferne.

Friedrich klappt das Buch zu und blickt auf. Es ist erst früh am Nachmittag, die Sonne steht noch hoch am Himmel. Er will sich die Beine vertreten. Ein bisschen durch die Straßen bummeln, in die Auslage der Geschäfte blicken und sich treiben lassen. Draußen trifft er nur wenige Leute, meist Hausfrauen mit jüngeren Kindern, auch einige Rentner und sonstige Müßiggänger. In einer kleinen Seitengasse kommt ihm ein älterer Herr zögernd entgegen. Er mustert Friedrich genau, lässt seinen Blick beim Entgegenkommen von oben nach unten und wieder hinauf gleiten und wirkt etwas unschlüssig. Er glaubt ihn wohl zu kennen, auch Friedrich kommt der Mann seltsam vertraut vor. Friedrich hofft, es sei keiner vom Büro, wenngleich ihm auch dieser Umstand keine Sorgen bereiten müsste. Auf dem Kopf des alten Herrn sitzt ein dunkelblauer abgetragener Hut aus Cord, sein gerötetes Gesicht glänzt vor Anstrengung, auf den Wangen treten dunkelrote kleine Äderchen ungesund hervor, seine Lippen sind spröde und an manchen Stellen eingerissen. In seinem sehr großen Mund steckt eine rauchende Pfeife, aus deren Spitze kleine Wölkchen gen Himmel treten. Friedrich beobachtet den Mann genau, als dieser mit kleinen wankenden Schritten an ihm vorüber geht. In der Rechten schwenkt er einen Spazierstock, den er aber trotz seiner offensichtlichen Unsicherheit nicht als Stütze verwendet. Seine kurzen Beine stecken in unverhältnismäßig weiten brauen Hosen. Als die beiden fast auf gleicher Höhe sind, bemerkt Friedrich, wie der andere das Wort an ihn richten will. Er zögert, bleibt einen Moment stehen, führt die Linke an den Hut, so als ob er ihn lüften wolle. Die Rechte greift zur Pfeife, wie um dem Mund zum Sprechen frei zu machen. Seine tränenden Augen sind auf Friedrich gerichtet, der den stummen Gruß nicht erwidert, sondern weiter geht. Nach ein paar Metern blickt sich Friedrich um. Noch immer steht der andere da, den Hut hält er mit der Linken in der Höhe des Oberschenkels, und schaut ihm ratlos nach.

Früher war er oft im Museum, in jüngerer Zeit aber immer weniger, da es ihn ermüdet. So eilt er von Bild zu Bild, ohne die rechte Muße, länger vor einem Kunstwerk zu verweilen. Schnell schmerzt der Rücken, die Oberschenkel brennen.

Die alte Kunst: In modrigen Räumen reihen sich in düsteres Öl getränkte Leinwände aneinander. Könige, Kaiser, Päpste, Fürsten. Die immer gleichen Gesichter in den immer gleichen Gewändern. Leere in Wasser schwimmende ausdruckslose Augen auf strahlend weißen, spitzmündigem Untergrund. Die Wangen leicht gerötet. Ein starrer, beinahe toter Ausdruck, der erhaben wirken soll. Auf dem Kopf thronen gewaltige gepuderte Perücken, die Hälse sind von bizarren Halskrausen umkränzt, der fette Leib von hunderten Schichten feinsten Stoffes umhüllt, umfasst, eingeengt, erstickt. Friedrich ahnt, wie es darunter gerochen haben muss, welche Sturzbäche von Schweiß das weiche, unförmige Fleisch des Rückens hinunterstürzten und die feisten Schenkel umspülten. Friedrich mag die kalten Gesichter der Gekrönten und Gesalbten nicht sehen.

Die neue Kunst: Alltägliches neu arrangiert, über den Boden verteilt, an Haken von der Decke baumelnd, an die Wände geschmiert. Farbe, Klebstoff, Schmutz, Metall, Plastik, Steine in einem diffusen Ensemble kombiniert. Ausufernd, ziellos, formlos, von störenden und sinnfreien Geräuschen begleitet, die aus dem Nichts kommen. Provokativ, ohne zu provozieren. Der Künstler mittendrin, als Teil seines Werks, der

Schaffensprozess in den Vordergrund gesetzt, ohne Ergebnis. Eine Gruppe gelangweilter Schüler, die von ihren Lehrer hindurchgezogen werden, der dozierend vor jedem Objekt verweilt, überinterpretierend und willkürlich. Frei von formaler Strenge, losgelöst vom Können, reflexartig die Verdammung des rein Technischen und Seelenlosen heraufbeschwörend. Kunst als Klischee ihrer selbst.

Friedrich ist erschöpft, sein Hals wird trocken, das Kreuz schmerzt. Er wirft sich auf eine breite Liege in der Raummitte, die es dem Besucher ermöglichen sollen, sich ausgiebig der Betrachtung der Kunstwerke um ihn herum zu widmen. Die Arme stemmt Friedrich hinter sich in das kalte schwarze Leder, wirft den Kopf in den Nacken und lässt ihn im Gelenk kreisen. Die Beine streckt er weit von sich. Er sitzt in einem riesig fast leeren Raum, an dessen vier Wänden vier überdimensionale Gemälde angebracht sind, die fast die gesamt Fläche einnehmen. An einer der Türen steht eine blau Uniformierte. Eine kleine dicke schwitzende Frau mit einer lächerlichen Schirmmütze auf dem Kopf. Sie steht gelangweilt herum, die Hände vor dem Schoß gefaltet. Neben Friedrich auf der Liege sitzt ein junger Mann mit stark gebeugtem Rücken, eingewickelt in einen langen grauen Mantel. Seine mit bläulichen Ädern durchzogenen Hände ruhen auf den Knien, die in abgewetzten Jeans stecken. Sein pechschwarzes fettig glänzendes Haar ist nach hinten gekämmt und zu einem Pferdeschwanz zusammengebunden. Starr blickt er durch kreisrunde Brillengläser auf das Werk an der Wand gegenüber. Friedrich folgt dem Blick des Studenten: Er sieht eine gigantische quadratische Fläche, die in vier gleich breite Streifen unterteilt ist, die das Bild quer durchlaufen. Der oberste ist hellgrün, der zweite dunkelrot, der dritte weiß, der vierte hellblau. An der rechten unteren Ecke ist ein kleines Schild angebracht. Friedrich steht auf und geht hinüber. Dort findet er den Namen des Künstlers und seines Werkes, welches heißt: „Vier Streifen“. Friedrich ist nicht überrascht. Er lehnt sich an die Wand neben dem Bild und betrachtet nun den Studenten, der weiterhin auf die Streifenkunst starrt. Die Uniformierte blickt etwas irritiert zu ihm herüber, sie befürchtet wohl, er käme dem Bild zu nahe. Nach einer Weile bemerkt ihn auch der Student. Sein Blick löst sich aus der Starre, er dreht sanft den Kopf, wobei seine Augen noch eine kleine Weile an den Streifen hängen bleiben, ehe auch sie der Wendung seines Hauptes folgen. Eingeschüchtert schaut er aus grauen, kleinen, etwas zusammengekniffenen Augen herüber. Die Haut um die Augen herum wirkt wie in sich zusammengesackt und ist von zahlreichen winzigen Fältchen durchsetzt, einem zerknüllten Luftballon gleich. Seine Lippen um den leicht geöffneten Mund schimmern fleischig und feucht. Seine Zungenspitze berührt die obere Reihe von sehr einzeln dastehenden spitzen Zähnen. Röte steigt ihm ins Gesicht, da Friedrich ihn so ausgiebig betrachtet. Schnell wickelt er mit beiden Händen seinen Mantel um die schmalen Hüften und steht auf. Er verlässt den Raum, vorbei an der Uniformierten, die ihm nachstarrt. Friedrich folgt ihm mit geringem Abstand. Vor einem Gemälde im übernächsten Saal macht der Student Halt. Aus den Augenwinkeln heraus studiert er Friedrich, der sich unweit von ihm postiert hat. Auch dieser tut zunächst so, als würde er sich wieder der Kunst widmen und tänzelt um einen Gegenstand herum, der wie ein Küchenherd aussieht: ein quaderförmiger, etwas über einen Meter hohen Kasten aus Porzellan, auf dessen Oberseite zwei schwarze Kreise aufgemalt sind. Die Knöpfe fehlen. Er legt seine Hand auf die Kreise, was von der Uniformierten, die ihnen wohl nachgeschlichen war, mit einem leisen Zischen quittiert wird. Unnötig, denn die Platten sind nicht heiß. Friedrich widmet sich wieder seinem Studenten und stellt sich neben ihn. Sein Opfer macht sich sogleich wieder aus dem Staub. Erneut folgt ihm Friedrich. Nach kurzer Zeit gelangt er in einen abgedunkelten, relativ kleinen Raum. Die Fenster verstecken sich hinter schweren Vorhängen. Mehrere Zeugnisse einer scheinbar überdrehten Phantasie schreien ihm von den schwarzen Wänden kommend ins Gesicht. Bizarre entstellte Gestalten bevölkern die Szenerie: sich in entsetzlichen Krämpfen windende Ungeheuer aus Fleisch und Blut, aus deren vor Schmerz weit aufgerissen Mündern Arme bis zum Ellbogen hinauf herausragen. Nach allen Seiten zerrende spitze Haken, eingegraben in das Fleisch junger sich im Todeskampf windender Frauen. Grässliche, mit Eiter gefüllte Beulen auf den zerschundenen Körpern skurriler Mischwesen aus Mensch und Ziege. Friedrich ist erstaunt und fasziniert, wie er an diesen Werken exzessiver Gewalt vorbei schreitet. Plötzlich halte er inne. Ein kleines Gemälde in der Ecke erregt seine Aufmerksamkeit. Fast hätte er es in seiner Schlichtheit unter all den monströsen Werken übersehen. Es fällt aus der Reihe und muss doch von demselben Künstler stammen.

Friedrich blickt auf einen unbekleideten Mann mittleren Alters, der auf einem schlichten Steinboden kauert, die Arme um die Knie geschlungen. Der Raum um ihn herum scheint leer zu sein, allerdings verliert sich das Übrige rasch im Dunkel, die unsichtbare Lichtquelle über dem Mann beleuchtet vornehmlich diesen, als befände er sich auf der Bühne eines Theaters und der Zuschauer wird angehalten, seine

Aufmerksamkeit nur auf den einen Protagonisten zu richten. Allerdings blickt jener nicht von unten zu ihm auf die Bühne hinauf, sondern von schräg oben auf ihn herab, als stünde er halb über dem Dargestellten. Dieser blickt leicht nach rechts und nach unten, fixiert also eine Stelle ein paar Meter vor seinen Füßen. Es scheint, als sei er in einer wippenden Bewegung gefangen, denn die Sohlen seiner Füße schweben ein kleines Stückchen über dem Boden, so als ob er gerade im Begriff gewesen sei, sein Gewicht von vorne nach hinten zu verlagern und wurde just in diesem Augenblick vom Maler auf die Leinwand gezwungen. Die schmalen Lippen hält er fest aufeinander gepresst, die Flügel seiner Nase scheinen zu zittern, sein starrer Blick verrät eine gewisse Entschlossenheit. Die Stirn hat er in Falten geworfen, der Schädel ist kahl und reflektiert das von oben kommende Licht. Sein sehniger Körper ist kräftig, das Auge folgt begeistert dem Spiel der Muskelstränge unter einer ebenmäßig glatten Haut. Da der Mann sich halb nach rechts wendet, ist seine linke Seite entblößt. Deutlich erkennt Friedrich den Verlauf der Rippenbögen in Höhe der Brust. Weiß schimmert das Fleisch. Aber dort, wo einem Waschbrett gleich Rippe auf Rippe folgen soll, weitet sich die Brust zur Seite hin aus. Die knöchernen Bögen sind auseinandergedrückt wie Linien, die auf einen luftleeren Ballon gemalt noch dicht liegen, dann aber beim Aufblasen immer weiter voneinander abrücken. Eine kompakte Kugel scheint dort aus der Seite zu treten, ohne dass der Mann, dessen Brustkorb auf solche Weise deformiert wird, davon Kenntnis nimmt oder nehmen mag. Seine konzentrierten Züge lassen nicht darauf schließen, dass er Schmerzen leidet. Ganz oben auf der Kugel, an der dem Herzen am weitesten entfernten Stelle, sieht die Haut dünn und rissig aus. Eine leichte Rötung ist erkennbar. Einzelne längere Haare sind auszumachen, die aus der geröteten Stelle herauswachsen und sich wie ein dünner schmieriger Film auf die Seite legen. Mit pochendem Herzen nähert sich dem kleinen Schild, das auch hier den Besucher unterrichten solle. Der Künstler ist unbekannt. Das Bild heißt „Der Kopf". Der Kopf. Wieder betrachtet Friedrich das Werk und versucht im Gesicht des so merkwürdig Gleichgültigen zu lesen. Fast verträumt scheint ihm auf einmal der ziellos vor sich hingeworfene Ausdruck in den Augen, da er ganz dicht davor steht. Verloren im Raum und in der Zeit. Als hätte jener die schreckliche Wucherung an seiner Seite einfach vergessen, als gehöre sie nicht zu ihm oder vielmehr zu einem anderem Ich, mit dem er nichts zu schaffen hat. Erkennt Friedrich nicht gar den Anflug eines ironischen Lächelns auf den ansonsten so gepresst wirkenden spröden Lippen? Seine langen über den Knien gefalteten Hände ruhen fast andächtig ineinander. Seine Füße, ebenso blass wie die Hände und fein säuberlich parallel gestellt, wirken beinahe zierlich. Der Mann auf dem Bild bewegt seine Zehen, von denen jeder, beim kleinen Zeh beginnend, etwas weiter nach oben gebogen ist als sein Vorgänger, als würde er damit auf einer Tastatur spielen wollen. Zuneigung erfasst Friedrich. Fast vergisst er die Monstrosität dort an dessen Seite.

Als Friedrich den Raum verlässt, geht sein Atem immer schneller. Der kurze Moment der Ruhe ist vergangen, der Versuch, den Gepeinigten auf dem Gemälde nicht zu bedauern, über sein Schicksal nicht zu erschrecken, ist gescheitert. Sein Herz rast. Die Leichtigkeit, mit er vor ein paar Minuten dem Studenten nachgestellt hatte, ist dahin. Etwas Bleiernes hat sich nun auf seine Brust gelegt. Kaum hat er das Foyer erreicht, wirft er sich auf eine dort stehende Bank. Keuchend beugt er sich nach vorne und starrt auf den gekachelten Fußboden unter ihm. Die Augen geschlossen, holt er sich das Bild zurück. So sehr er sich nun aber bemüht, sich an dem Ausdruck der Gelassenheit und inneren Ruhe festzuhalten, die bei genauem Hinsehen auf dem Gesicht des Mannes zu liegen schien, so sehr drängt sich die unförmige Auswölbung an dessen linken Seite in den Vordergrund und lässt jede andere Erinnerung verblassen. Eine gewaltige rote und weiße Kugel unmittelbar vor der Explosion. Der in Friedrichs Vorstellung abgemagerte Körper des Gepeinigten hängt lasch wie ein überflüssiger Anachronismus, wie ein abgetragenes, abgestreiftes, faltiges Stück Haut an der vor innerer Spannung beinahe zerberstenden glänzenden Sphäre, die immer weiter anwächst. Bald macht sie ein Viertel, ein Drittel, die Hälfte des Menschen aus. Er selbst, der ganze Rest, alles, was nicht Kugel, nicht Kopf ist, verkümmert, schrumpft zusammen, verschwindet. Verschwindet, indem es als lediglich winziges Überbleibsel eine kleine Stelle auf der ungeheuren Oberfläche des Hautballens besetzt hält. Schlaff hängen die winzige Glieder von der gen Himmel fahrenden Kugel herab, den im Wind flatternden Seilen eines sich von seiner Korb losgerissenen Fesselballons gleich.

Der Vorführraum ist bereits gut gefüllt, als Friedrich eintritt. Über lang gestreckte Beine hinweg bahnt er sich einen Weg zu seinem Sitzplatz, einem mit roten Plüsch und allerlei Flecken übersätem Viereck, das sich hochgeklappt an die Rückenlehne schmiegt. Ein intensiver Geruch nach verbranntem Süßem liegt in der Luft. Links neben ihm greift ein ungeheuer dicker Mensch mit seiner schwammigen Rechten immer wieder genüsslich in den gewaltigen Eimer

Popcorn, den er auf seinen Schoß abgestellt hat und schiebt sich eine Handvoll des weißgelben Korns in seinen schmatzenden Schlund. Seine Lippen glänzen feucht.
Sein Kiefer knarrt und quietscht im Gelenk, während er den unteren Teil immer wieder hoch und herunterklappt. Friedrich ekelt sich. Das Schmatzen und Kauen ertönt von allen Seiten. Auch wird laut gesprochen. Hier und da erfüllt ein schallendes Lachen den diffus erleuchteten Raum. Zu seiner Rechten stemmt ein Halbstarker seine Füße auf die Rückenlehne des Sitzes vor ihm. Der Mann mittleren Alters in der Reihe vor ihm wird vor- und wieder zurückgeworfen, als der Jugendliche immer wieder dagegen tritt. Der Mann beschwert sich nicht. Auf dem fleckigen Kindergesicht des Halbstarken macht sich ein überhebliches Grinsen breit. Seine Freunde weiter zu seiner Rechten lachen lauthals. Ihre Sprache ist abgehackt, formelhaft und primitiv. Derbe Kraft- und Vulgärausdrücke prägen die Konversation, die Alltäglichstes zum Inhalt hat. Immer wieder drohen sich die Halbstarken scheinbar Prügel an, kneifen und schubsen sich. Ihre Mimik ist unbeständig, verzerrt und schauspielerisch. Alle drei tragen weit ausladende Freizeitkleidung, die ihnen schlaff am Körper herunterhängt. Als sich der mittlere erhebt, um den Saal noch einmal zu verlassen, hängt ihm seine Hose beinahe in den Knien und lässt also das Gesäß halb frei. Mit seiner Linken zerrt er seine Beinkleidung immer wieder nach oben, was aber nur für Sekunden Besserung verspricht. Aus den Gesäßtaschen quillt eine fast bizarr zu nennende Menge von metallenen Ketten hervor, die an den Beinen entlang nach oben führen und irgendwo in Höhe des Bauches enden. Es klappert beim Gehen oder vielmehr Schlurfen, denn kaum heben sich seine Füße vom Boden ab, während er sich fortbewegt. Die linke Seite

schiebt er ruckweise nach vorne und zieht dabei das Bein auf dieser Seite nach. Die Arme heben und senken sich dabei in der merkwürdigsten Art und Weise, wobei er die Hände abwechselnd nach allen Seiten hin abspreizt. Auf dem von fettig glänzendem Haar umkränzten Haupt trägt er eine Schildmütze, deren Schild aber seitlich verdreht ist.

Friedrichs Blick richtet sich schließlich nach vorne auf die sich verdunkelnde Leinwand. Spät hatte er sich entschlossen, noch einmal seine Wohnung zu verlassen, um ins Kino zu gehen. Das tut er oft in letzter Zeit, immer allein und ohne im Anschluss an die Vorstellung einen Gesprächspartner zu vermissen. Seine Filme wählt er sorgfältig, erkundigt sich im Vorfeld nach Inhalt und Qualität, nie würde er vor dem Kino stehen und irgendeinen Film aufs Geratewohl wählen. Auch über diesen Film weiß er gut Bescheid und ist doch gespannt: Zu Beginn eine Szene in tiefer Nacht. Ein Mann in zerwühltem Bett. Stille. Dann ein sachtes Geräusch. Ein Fiepen, das aus der Küche kommt. Der Mann steht auf, sieht nach, kann dort aber nichts finden. Ein paar Mal geht es so, der Mann findet nicht in den Schlaf. Er wartet auf das nächste Mal, das sicher kommt, stürzt aus dem Bett in die Küche, der Griff zum Lichtschalter, dann zum Besen in der Ecke. So steht er mitten im Zimmer, lauscht und wartet, aber es kommt nichts mehr.

Das Fiepen kommt in der nächsten Nacht wieder und auch in der übernächsten. Bisweilen vernimmt der Mann ein Rascheln oder auch das plätschernde Trippeln winziger Füße. Seine Versuche, den Eindringling zu stellen, misslingen, selbst als er viele Stunden wach bleibt und sich auf die Lauer legt. Die Ratte bleibt unsichtbar. Am Tage ist er müde und kann kaum mehr die Augen offen halten. Auch hier sucht ihn bald das Fiepen, Rascheln und Trippeln heim. Längst scheint es aus jedem Raum zu kommen und ihn einzukreisen. Er schläft nun fast gar nicht mehr. Mit einem Küchenmesser bewaffnet hockt er mit angezogenen Knien auf seinem Bett, tagelang. Er meldet sich krank, verlässt die Wohnung für keine Minute mehr. Auch die Ratte nicht. Die Tischbeine sind angeknabbert, in den Ecken findet er Kotspuren, an den Wänden lange Kratzer wie von kleinen Krallen gezogen. Hinter den Schränken, die er überhastet von den Wänden zieht, entdeckt er unter Ausrufen des Entsetzens zahlreiche kreisrunde Löcher, kaum größer als eine Kinderfaust. Er kniet sich davor und späht hinein. Ein bitterer beißender Geruch schlägt ihm entgegen, so dass er sich angewidert abdreht. Er verstopft die Löcher mit allem, was er finden kann. Mit Tüchern und Lappen. Mit Papier, das er brennend hineinsteckt. Es nützt nichts. Am nächsten Tag sind neue Löcher da. Die Ratte rüstet sich zum Kampf. Sie wartet, bis er eingeschlafen ist. Vorsichtig schleicht sie sich heran, klettert behände über die umgeworfenen Möbel und den sich überall aufstauenden Unrat und Müll. Geschickt erklimmt sie seine Bettstatt. Am Fußende hält sie inne und richtet sich auf. Die winzigen fleischfarbenen Hände mit den schmutzigen schwarzen Krallen streckt sie weit von sich, einem Menschen gleich, der am Morgen am Rand seines Nachtlagers hockt und die müden Glieder reckt. Ihre Nasenspitze mit den langen schmalen Barthaaren zittert. Sie kennt ihren Feind. Sie beobachtet ihn. Die kleinen punktförmigen Linsen ihrer Augen starren kalt auf den in sich zusammengesunkenen Mann. Das Messer ist ihm entglitten und zu Boden gefallen. Unentwegt blickt ihn die Ratte an. Immer nähert rückt die Kamera an sie heran, bis zunächst ihr Körper, dann der Kopf, schließlich ihre leeren Puppenaugen die Leinwand zur Gänze ausfüllen. Dann nähert sie sich ihrem Opfer, erst zögerlich, dann entschlossener. Der Kopf des Mannes ist auf seine Brust gesunken, die angezogenen Beine sind zur rechten Seite hin verdreht, die Bettdecke verbirgt nur noch seine Füße. Das Unterhemd ist nach oben gerutscht, so dass sein Bauch und die Seiten frei bleiben. Auch seine Beine sind nackt. Er hält sich dicht beieinander, als würde er frieren. Hier und da durchläuft ihn ein Zittern wie von Schüttelfrost. Die Ratte, die sich wieder auf allen Vieren fortbewegt, ist nun ganz nah an ihn herangekommen. Fast kann sie mit ihren schmalen spitz zulaufenden Pfoten die linke Seite des Mannes berühren. Schon streckt sie ihre Arme nach ihm aus. Die Kamera befindet sich jetzt unmittelbar hinter ihr. Vor der Ratte türmen sich die Rippenbögen des Mannes wie die Stützpfeiler eines fremdartigen organisch warmen Bauwerks. Die Ratte öffnet das Maul. Die spitzen gelben Zähne werden sichtbar. Ihre Krallen berühren sanft die schneeweiße dünne Haut des Mannes, dort, wo sie zwischen den Rippen eine kleine Vertiefung bildet. Nun erhöht sich der Druck auf die Kralle, vorsichtig dringt sie in das Fleisch des Mannes ein, der jedoch nicht erwacht. Die Ratte spreizt ihre Kiefer weit auseinander. Fast meint man, ein Knacken zu hören. Ihre Kralle dringt nun noch tiefer ein, an ihren Seiten drängt dickes dunkles Blut nach draußen. Das Maul der Ratte schwebt drohend über allem, während sie den Kopf hin und her schwenkt, wie zur Vorbereitung. Schließlich schlägt sie zu. Ihre kräftigen Kiefermuskeln reißen große fleischige Stücke aus der Seite des Mannes und schleudern sie zur Seite. Die Ratte frisst nicht. Sie bahnt sich ihren Weg. Die bald frei liegenden Rippenbögen werden mit einem lauten Knacks durchbrochen. Die Ratte ist schon halb in ihrem Opfer verschwunden, nur noch ihr dicker rosafarbener Schwanz ist sichtbar, der nach allen Seiten

schlägt. Immer weiter dringt sie ein. Große Mengen herausschießenden Blutes färben das Fell des sich wild um die eigene Achse drehenden Tieres schmutzig rot, so dass man kaum mehr unterscheiden kann, ob dort etwas in die Seite eindringt oder daraus hervorbricht.
Die Lichter gehen an: Die Zuschauer erwachen wie aus einem langen Schlaf und reiben sich die Augen, in denen der Schrecken noch deutlich zu erkennen ist. Manche sitzen mit offenem Mund und recht verstört da und starren immer noch auf die nun wieder leere Leinwand. Die Halbstarken neben Friedrich lassen ihrer Begeisterung über die ungewöhnlichen Vorgänge, deren Zeuge sie in den letzten beiden Stunden wurden, freien Lauf. Auch an Friedrich geht das merkwürdig beklemmende Werk nicht spurlos vorüber. Ein seltsamer Zufall, dass sich der Nager als Ziel seines famosen Angriffs ausgerechnet diese Stelle aussuchte. Friedrich ist ein wenig übel. Er zwängt sich an den noch Sitzen Gebliebenen vorbei und eilt in das Foyer. Dort fällt sein Blick zufällig auf einen Spiegel. Er bemerkt seine außergewöhnliche Blässe. Dicke Schweißperlen stehen ihm auf der Stirn, die aufgerissen Lippen schimmern bläulich, seine merkwürdig geröteten langen Hände ragen fremd aus den Ärmeln, die Finger liegen dicht beieinander, selbst der nach innen gebogene Daumen sucht die Nähe der anderen Finger. Die Nägel sind zu lang und schimmern gelblich. Er stürzt auf die Straße hinaus, wo ihm die kalte Nachtluft Linderung verschafft.
In der Nacht schläft er wenig. Wieder verfolgt ihn sein Peiniger, Friedrich läuft vor ihm davon, wird aber bald eingeholt. Kopf, Rumpf und Extremitäten des Angreifers sind nun dem der Ratte im Film nicht unähnlich. Die Nase ist bizarr in die Länge gezogen, der Kiefer tritt weit zurück, die Augen

sind klein, ihr Blick ist nicht zu deuten. Die Ohren sind in ihrem Umfang gewaltig und zucken ein wenig. Das Gesicht ist fast vollständig mit Haaren bedeckt, nur die zitternde Nasenspitze bleibt frei. Als er seine krallenbewehrte Hände nach Friedrich ausstreckt, zuckt Friedrich zurück. Die langen schmalen streichholzgleichen Finger streichen vorsichtig über Friedrichs entblößten Arm. Die Spitzen der schwarzen kegelförmigen Krallen berühren seine Haut und ritzen sie sanft ein. Friedrich fürchtet sich vor der drückenden Nähe des Ungeheuers und kann doch nicht fort. Wieder meint er, dessen Geruch zu erkennen, das Süßliche, das ihm aus irgendeinem Grund vertraut scheint. In seinem Traum wird er müde, fürchtet sich aber davor einzuschlafen, zwingt sich, wach zu bleiben, hält die Augen krampfhaft geöffnet, kneift sich, stampft mit dem noch frei gebliebenen Fuß auf; den anderen hat die Ratte mit ihren buschigen kräftigen Beine umklammert. Dicht schmiegt sie sich an ihn heran. Friedrich wird immer müder, und gleichgültiger. Er gibt auf, schließt die Augen und erwarte ihren finalen Angriff. Die Ratte beißt zu. Da erwacht er.

Friedrich blättert in alten Fotoalben, die ihm beim Aufräumen wieder aufgefallen waren. Gerne betrachtet er sich selbst auf alten Aufnahmen, registriert die Veränderungen in seinem Äußeren und bemüht sich, sie mit den unmerklichen im Innern in Einklang zu bringen. Er blickt in die Augen eines anderen und versucht, sich zu erinnern, wie es war, der andere zu sein: Friedrich sieht einen kleinen dunkelhaarigen etwas trotzig in die Kamera blickenden Jungen. Große braune Augen unter haarfein gezogenen Brauen in einem runden glatten Kindergesicht. Die Haut ist ebenmäßig und braungebrannt. Auf

einem anderen Bild sitzt der Junge neben einer alten Dame auf einem Sofa, das Friedrich nicht mehr kennt. Auch der Raum ist ihm fremd.
Die schwarze Haarmähne des Kindes ist gebändigt, sein schmächtiger Körper steckt in einem grauen Anzug, den er wie ein Kostüm trägt, so fremd wirkt er darin. Die alte Dame lächelt ihn an. Sie hat ihren etwas zu dicken Arm um seine Schulter gelegt, was ihm sichtlich Unbehagen bereitet. Ihr graues dünnes Haar steht nach allen Seiten vom Kopf ab, ihr Gesicht sieht zerknautscht aus, von Falten übersät, bedrohlich alt für das strahlende Sinnbild der Jugend neben ihr. Ihr unförmiger, wie aus der rechten Form geratener Körper wird von einem schwarzen sackartigen Kleid umschlossen. Das Muster der Tapete hinter den beiden kommt Friedrich doch vertraut vor und erweckt in ihm die fernsten und beinahe entschwundene Erinnerungen, die rasch dahineilenden Bildern gleichen, die er nicht festzuhalten vermag und die ihm einen leichten flüchtigen Schmerz zufügen. Er sieht seinen Vater, wie er sich über ihn beugt und lächelt, wie sich sein Mund öffnet und er etwas sagt, aber kein Laut dringt an Friedrichs Ohr. Sein Vater tritt einen Schritt zurück und bewegt sich zur Seite, etwas zu schnell, wie Friedrich denkt. Wieder schaut er zu ihm herüber und lächelt ihn an. Das Lächeln erfasst sein ganzes Gesicht, seine Augen leuchten, er sieht glücklich aus. Wieder spürt er den Schmerz. Für einen Augenblick nur. Auf einem dritten Bild sieht Friedrich den Jungen erneut. Auch sein Gesicht drückt nun Freude aus. Mit dem linken Arm umklammert er eine große kegelförmige blaue Schultüte, aus deren kreisrunder Öffnung zahlreiche Leckereien hervorquellen. Auf dem Rücken trägt er einen quaderförmigen, ebenfalls blauen Kasten mit orangefarbenen leuchtenden

Tasten zum Öffnen der Klappe, die den Quader ansonsten verschließt. Viel zu groß wirkt der Schultornister auf dem schmalen Rücken des Sechsjährigen. Bis über das Gesäß und die Seiten reicht er hinaus. Aber der Junge scheint die Last, die er nun über viele Jahre hinweg tragen wird, nicht zu spüren. Neben ihm stehen seine Eltern. Er in der Mitte. Im Hintergrund tollen Kinder, ihm sehr ähnlich. Mit ihnen wird er durch die Jahre seiner Kindheit gehen, sie werden ihn eine ganze Weile begleiten, und wenn sie entschwunden sind, werden andere an ihre Stelle treten. Aber er wird sich an sie erinnern, auch nach langer Zeit wird er sich erinnern, und fast scheint es Friedrich, als könne Friedrich diese Gewissheit bereits in den Augen des Sechsjährigen sehen. Wie Friedrich durch die Bilder seiner Kindheit eilt, eilt er durch diese Kindheit selbst, die bruchstückhaft vor ihm auftaucht.
Auf einem dritten Bild steht der Junge inmitten seiner Mitschüler, die in drei Reihen hintereinander aufgereiht sind, er selbst am rechten Rand der obersten Reihe. Die vorderen knien, die hinteren stehen auf Bänken. Alle Kinder halten ihre Schultüten vor der Brust umklammert, so dass bei manchen die untere Hälfte des Gesichts von der kreisrunden Öffnung des Kegels verdeckt ist. Der Junge hält den Kopf etwas schief, dabei ein klein wenig in den Nacken geworfen wie in einem Ausdruck spontanen Stolzes. Die Tüte hält er ungewöhnlich tief, eher vor dem Bauch als vor der Brust. Auch ist er etwas abseits positioniert, so dass der Betrachter auch die langen dünnen Arme und die in kurzen nur bis knapp unter den Schritt reichenden Hosen stakenden Beine sehen kann, die er nach innen gedreht hat. Er ist groß und überragt den neben ihm stehenden Kameraden um beinahe eine Hauptеslänge. Der Ausdruck in seinem Gesicht steht in merkwürdigem

Widerspruch zur stolzen Haltung des Kopfes. Der Blick der Augen ist konzentriert und zeugt doch von großer innerer Unruhe und Ungewissheit. Die Lippen presst er aufeinander, die Nasenlöcher sind geweitet, die Spitze der Nase ist weiß verfärbt. Die Stirn liegt in Falten. Das Gesicht eines Erwachsenen, der eine gewaltige Aufgabe zu bewältigen hat, von der er ahnt, dass sie über seine Kräfte geht. Auch an den Gesichtern der anderen Kinder zerrt hier und da ein Ausdruck der Angespanntheit, der Unruhe oder gar der Furcht. Manche sind den Tränen nahe, ihre Augen sind weit aufgerissen und bereits gerötet, ihre Lippen formen eine kleine Welle. Und doch geschieht dies im kindlichen Rahmen, in kindlicher Unbekümmertheit und Unbeständigkeit, wo sich Tränen und Lachen in atemberaubendem Tempo ablösen, so dass der Betrachter, verharre er in völliger Unkenntnis der Kinderseele, den Schluss ziehen müsste, dass Kindergefühle falsch und aufgesetzt seien, Kinder im Grunde gar keine Gefühle hätten oder diese nach Belieben manipulieren könnten. Wendete er den Blick dann noch auf den Jungen am Rande, wäre er in seiner Meinung gänzlich bestätigt. Nichts Flüchtiges ruht in diesem Antlitz. Man ahnt, dass Minuten und Stunden vergehen könnten und der Junge stünde immer noch da, unveränderlich in seinem Kummer, aber auch in seiner Entschlossenheit. Auch das Sich etwas Abseits Positionieren scheint dies zum Ausdruck bringen zu wollen.

In der mittleren Reihe entdeckt Friedrich, nur durch drei Mitschüler von ihm selbst getrennt, einen schmächtigen Blondschopf, einen zwergenhaften Burschen, der grinsend in die Kamera blickt. Auch er hält seine Tüte tief, tiefer als die anderen neben ihm. Mit ihm war Friedrich befreundet. Einige Jahre lang. Ein Stück die Straße hinunter stand sein Elternhaus, ein baufälliges windschiefes Häuschen mit einem kleinen verwilderten Garten voller Unkraut. Er selbst war wie Unkraut. Nichts konnte seiner guten Laune Abbruch tun. Nie vergoss er Tränen, nie schien er Kummer zu haben, nichts schien ihn zu beunruhigen, immer trug er dieses schelmische Lächeln zur Schau, als wolle er dem Leben beständig ein Schnippchen schlagen, dem Leben, das es nicht immer gut mit ihm meinte. So konnte von Geistesgaben bei ihm kaum eine Rede sein: so mancher Anforderung konnte er nicht genügen und musste sich also durchmogeln, nicht immer ohne fremde Hilfe, nicht ohne Friedrichs Hilfe, wenngleich er es mit Bauchgrimmen und schlechtem Gewissen tat, denn Friedrich meinte, dass der andere ihn nur aufhielte und ihm im Wege stünde. Dieser trat Friedrichs verbissenen Anstrengungen mit spielerischer Gleichgültigkeit entgegen, seiner Konzentriertheit mit Fahrigkeit, seiner Furcht mit Unbekümmertheit. Friedrich beschützte ihn. Größer als die anderen, mieden ihn viele seiner Mitschüler. Seinem kleinen Freund jedoch stellten sie nach, suchten ihn heim, ließen ihm keine Ruhe. Seine ungetrübte Laune musste sie provozieren, da sie gefürchtet sein wollten, sein Lachen musste erstickt, ausgelöscht werden. Er ließ es nicht zu. Er lief davon, und konnte er es nicht, so lief er zu Friedrich. Die anderen rührten den Langen nicht an. Sie glaubten, dass mit ihm etwas nicht geheuer wäre. Dass er ein Sonderling wäre.

Still saß Friedrich in seiner Bank, las, dachte nach und schrieb. Während die anderen beim ersten Klingeln lärmend aus dem Zimmer stoben, verharrte er noch eine Weile an seinem Platz, barg den Kopf in seiner Hand, schloss die Augen und genoss die Ruhe, die sich so plötzlich eingestellt hatte. Seine Lehrer nahmen es hin, ohne darin einen Anlass zur Besorgnis erkennen zu müssen. Sonderlinge gibt es überall. Das erste Schuljahr durchlebte seine Klasse in einem uralten zugigen kastenförmigen Bau mit viel zu hohen Decken und kahlen schmucklosen Wänden, ein Schulhaus, in dem schon viele Generationen von Schülern zuvor erzogen worden waren. Friedrichs Klasse gehörten zu den letzten. Immer fror ihn darin. Die ungeschützt und frei an den Wänden angebrachten metallenen Heizkörper blieben auch am kältesten Wintermorgen nur lauwarm und wärmten seine klammen Hände, wenn sie die geschwungenen Bögen umfassten, nur unzureichend, so dass sich, wenn man losließ, sogleich wieder der ursprüngliche Zustand wieder einstellte. Nur das beständige Reiben der Hände brachte für kurze Zeit Linderung. Die kalten grauen Fliesen in den Gängen hallten wieder, wenn Friedrich auf ihnen entlang ging, bemühte er sich auch noch so sehr, den Fuß behutsam aufzusetzen. Schritt er allein daher, so verstärkte sich das Echo noch, die Wände warfen den Schall viele Male hin und her und man gewann sogleich den Eindruck, es sei doch eigentlich unerhört und auf keinen Fall zu dulden, dass einer hier so einsam auf und ab schleiche, während die Kameraden drinnen in den Klassenräumen eifrig ihre Pflichten erfüllten. So empfand es Friedrich. Und nur er.

In der großen Pause vertrieben sich die Schüler die Zeit in einem schmutzig grauen Hinterhof ohne Bäume und Bänke, in den man durch eine einzelne hohe Flügeltür gelang. Die Schülerschar stand dort dicht gedrängt zusammen und lärmte. Friedrich versuchte meist, sich etwas abseits zu halten. Auch sein blonder Freund gesellte sich dann zu den anderen und ging dort in der Menge unter. In Friedrichs Erinnerung ist der Himmel fast immer mit Wolken behangen, wenn er dort, im Hof stehend, hinaufblickte. Er erinnert sich an keinen

Sonnenstrahl, keinen Frühling, keine blühenden Bäume oder Sträucher, an kein Grün, nur an Schnee, Regen, Kälte, Nässe und eine graue und wie im Traum verschleierte Welt. Eine ihm so ungeheuer fremde Welt, dass ihm jetzt noch, wenn er auf das Bild blickt, etwas Kaltes in die Seele greift.
Mitten in der oberen Reihe erblickt er einen Dicken, einen weiteren Freund aus jenen frühen Jahren, der in die Kamera grinst. Die Arme hat er vor dem Bauch ineinander geschlungen, die Hände in den Armbeugen, so dass seine Schultüte wie ein Fremdkörper gequetscht vor seiner Brust hängt. Seine kleinen Augenschlitze strahlen. Sein dichtes schwarzes Haar steht in dünnen spitzen Nadeln vom rundlichen Schädel empor. Die rötlichen Backen glänzen. Den Mund mit den immer feuchten rissigen Lippen und der schweren trägen Zunge zwischen zwei breiten Reihen lückenloser strahlend weißer Zähne hat er genießerisch in die Breite gezogen. Friedrich und er kamen sich erst im Laufe des zweiten Schuljahres näher. Der Dicke war kräftig und konnte sich wehren, war aber im Grunde gutmütig und geriet nur selten in Zorn. Seine größte Sorge galt der ausreichenden Verpflegung mit Süßem und Gebackenem. War hier einmal Not am Mann, bekam seine Miene etwas kindisch Bekümmertes, eine fast schelmische Traurigkeit, die einem ein von Herzen kommendes Mitgefühl abrang. Tat man ihm etwas Gutes, verwöhnte ihn mit Gezuckertem, mit einer Tafel feinster Vollmilchschokolade, mit herrlichen Schaumküssen oder einem kleinen Schweinchen aus Marzipan, erhellte sich seine Miene und sein Blick suchte nervös die Menge der auf einem Teller dargebotenen Leckereien. Seine dicken Finger krümmten sich aufgeregt zur Faust, während er seinen massigen Körper ruckartig dem Ziel seiner Wünsche entgegen

schob, den Kopf ungewöhnlich weit in den Nacken geworfen, was immer dann der Fall war, wenn er all seine Gedanken zusammen nahm und sich konzentrierte. Seine fleischigen Lippen wurden feucht und zogen sich zurück, so dass der Mund leicht offen stand. Beim Süßen angekommen, beugte er sich darüber, verharrte einen kleinen Moment und streichelte mit dem Blick die eine oder andere der verführerisch präsentierten Leckereien€, wog also ab, streckte zögerlich die Rechte aus, zog sie wieder zurück, ließ sie noch einmal über den Herrlichkeiten kreisen, zog sie erneut zurück, nur um sie dann blitzschnell, der mit messerscharfen Krallen bewehrte Tatze eines Raubtieres gleich, vorschnellen zu lassen, wobei sie meist ein großes Stück von irgendetwas abriss und sogleich in den feuchten Schlund stopfte. Genüsslich kauend, entfernte er sich, nur um kurz danach wieder zurück zu kehren.
Bald schon trieben sich die Drei zusammen herum, wobei Friedrich die Führung übernahm. Die anderen folgten willig, ohne bloße Statisten zu sein. Kaum aus der Schule daheim, trafen sie bald wieder bei dem einen oder anderen. Sehr gerne turnten sie auf dem Heuboden herum, der den oberen Teil einer baufälligen Scheune bildete, die sich an der Längsseite des Innenhofs von Friedrichs kleinem Freund befand. Dort roch es wunderlich nach Landwirtschaft, nach staubtrockenem Stroh und nach dem zähflüssigen schwarzen Öl alter Traktoren, auf die sie von oben herab blicken konnten und die aussahen, als wären sie schon viele Jahre lang nicht mehr in Betrieb gewesen. Im Halbdunkel untersuchten sie jeden schmutzigen Winkel dieses weitläufigen und unübersichtlichen Areals, kletterten steile brüchigen Leitern empor, die von einem Boden zum nächsten führten, und versteckten sich hinter den zahlreichen Pfeilern und Pfosten. Das Stroh kitzelte im

Rücken, wenn man sich nach langem Spiel hineinwarf und erschöpft nach oben blickte, auf das grobe Gerüst des Dachs, das hier und da durch eine schmierig-graue Scheibe unterbrochen war, hinter der man den Himmel nicht sehen konnte. Kalt war es. Trat man an einem heißen Sommertag durch das große Tor ein, fror man und schlang unbewusst die Arme um den zitternden Oberkörper. Aber auch im Winter, wenn die Welt unter einer weißen Decke begraben lag, schien es Friedrich, dass es dort in der Scheune noch kälter war, so als ob sich die Kühle des Sommers bis in die dunklen Monate hinein bewahrt hätte und ihm nun dumpf und stickig ins Gesicht schlug. Eine überalterte muffige Kälte, ganz anders als die reine und wie gerade in die Welt gekommene Frische des draußen wartenden Wintertags. Die abgestandene Kälte verstärkte den Eindruck des Unheimlichen und Verbotenen, das dem Spiel auf dem Heuboden ohnehin anhaftete. Es waren die Ermahnungen der Erwachsenen, die mit erhobenem Zeigefinger vor ihnen gestanden waren und sie belehrt hatten, welchen Gefahren sie sich durch das gedankenlose Herumtollen auf morschem Gebälk aussetzten, die zu allererst solche Ahnungen drohenden Unheils in ihnen geweckt hatten. Aber es blieb bei den Ahnungen. Keiner verstauchte sich den Arm oder brach sich das Bein, von Schlimmerem ganz zu schweigen. Aber gerade diese leise und im Stillen bohrende Vorstellung böser Unfälle und tragischer Verstrickungen lockte die Drei immer wieder auf den Boden, so dass schließlich auch die Erwachsenen resignierten und ihrem Treiben freie Hand ließen. Freilich traf sie bisweilen ein kritischer von einem leichten Kopfschütteln untermalter Blick, manchmal auch von einigen wenigen drohenden Worten begleitet, aber kaum mehr. Die Standpauken blieben nach und nach aus. Es schien mit der

Zeit sogar fast so, als hätte ihr Refugium die Anerkennung der Außenwelt gefunden, so dass man ihnen dort mit mehr Respekt begegnete als anderswo, wie einem Hausherren, für dessen gnädige Aufnahme man reichlich Lob spendet.

Es band die Freunde aneinander. Wie eine kleine Familie nahmen sie von dem Boden Besitz, verteidigten ihn gegen die Außenwelt und hielten sich selbst dann dort auf, wenn die Sonne schien und man sie eher auf freiem Feld oder im Dickicht der Wälder vermutet hätte. Kaum gab es Streit, und wenn sie sich doch einmal in den Haaren lagen, wenn sich zwei von ihnen gegen den dritten stellten und dieser erbost den Platz verließ, so reute es die anderen bald. Zögerlich kehrte der von den anderen voreilig Ausgeschlossene zum Heuboden zurück, erst mürrisch, dann voller Erwartung und bereits mit einem schelmischen Lächeln auf dem Kindergesicht. Ein Lachen löste den Konflikt. Keinem von ihnen war dieses Gefühl der Gemeinschaft ganz bewusst, keiner reflektierte darüber, keiner begriff es so. Jeder nahm es hin, wie es war, und keinem erwuchs ein Mangel daraus.

Nach und nach trennten sich ihre Wege, unmerklich, im Stillen. Nur noch selten kamen sie zu dritt auf dem Boden über der Scheune zusammen, meist fehlte einer. Friedrich zog sich immer mehr in sich selbst zurück, die Gesichter der anderen verblassten, bis sie in der Menge des ihn im Schulhof umgebenden Gelächters, dem wilden und aufgeregten Durcheinander, dem ausgelassenen Lärmen verschwunden waren. Von der Ferne erblickte er bisweilen noch einen wild herumwirbelnden blonden Schopf oder sah die rosigen speckigen Wangen seines immer hungrigen ehemaligen Freundes, wie sie in der hellen Wintersonne glänzten, aber selbst wenn ihn ganz zufällig und wie im Vorbeigehen ihr

Blick streifte, so war dort kein Erkennen und keine Erinnerung. Kein freundliches Zunicken, keine Andeutung eines Lächelns, kein kurzes Innehalten verriet vergangene Gemeinsamkeiten. Sie hatten ihn vergessen, andere waren an seine Stelle getreten. Und nun erst spürte er den Verlust. Und er war ihm bitter. Gerade das unbewusste Hinnehmen, die schlafwandlerische Sicherheit, die durch nichts zu erschütternde Selbstverständlichkeit jener Heubodenzeit, all das war ihm verloren gegangen. Je länger und intensiver er darüber nachdachte, desto unerklärlicher wurde ihm die Vergangenheit, desto mehr entrückten ihm jene wunderbaren und stummen Tage, desto mehr Rätsel gaben sie ihm auf. Der Garten, in dem er gewandelt war, wurde zum bizarren Zaubergarten, zur traumhaften Märchenwelt, zum unerreichbar Fernen, zum Ausgangspunkt allen ohnmächtigen Staunens und aller Wunderdinge.
Friedrich hatte noch manche Freunde in den nun kommenden Jahren. Freunde, mit denen er vieles teilte und vieles erlebte. Und doch blieb ein Rest Zurückhaltung, ein Rest Reflektion, ein Rest Bekümmertheit, wo früher Unbekümmertheit geherrscht hatte. Und so konnte es sein, dass sich inmitten des größten Spaßes und der herzlichsten Ausgelassenheit, inmitten eines Partybesuchs oder einer Festivität seine Miene verfinsterte, der Blick leer wurde und er verschämt zur Seite blickte, weil er an den Zaubergarten dachte, in Gedanken dort die alten Wege abschritt, auf dem Heuboden war, an den Blonden und an den Dicken dachte.

Neue Bilder verdrängen die alten, ohne sie vergessen zu machen. Für eine Weile treten sie zurück, geben Raum für andere Erinnerungen, die Friedrich nun bedrängen und den kleinen Schmerz wachrufen, der ihm so vertraut ist: das Herz schlägt unvermutet schneller, für einen Augenblick nur und doch kommt es einem Erschrecken gleich. Er schließt die Augen und kehrt zurück zu dem Jungen, der er war:

Als Friedrich die kleine Küche betritt, wendet sie ihm den Rücken zu, da sie am Ofen steht und gerade einen Topf mit kaltem Wasser dort abstellt. Sie trägt wie meist eine mit zahllosen kleinen blauen und gelben Quadraten gewürfelte Kittelschürze. Ihr immer noch dichtes aber stark ergrautes Haar steht etwas unordentlich seitlich ab. Ihre Beine, die unter der Schürze hervorschauen, sind von einer dicken fleischfarbigen Strumpfhose umschlossen, die sie sowohl im Sommer wie jetzt auch im Winter trägt. Im Ofen glimmen Glutreste, beim Eintreten spürt Friedrich die Restwärme auf den Wangen, die eiskalt und gerötet sind, da er von draußen kommt, wo sich ein makelloser Wintertag dem Ende entgegenneigt. Ein sonnenloser Tag mit stetem feinem Schneefall.

„Du bist spät dran. Ich machte mir schon Sorgen." sagt sie leise. Ihre Stimme ist angenehm, die Lage eher hoch, sie spricht langsam, bedächtig. Sie muss sich oft räuspern, was wie ein Brummen aus ihrer Tiefe klingt. Noch immer steht sie am Ofen und schaut jetzt in die kleine Kammer unter der schweren Eisenplatte, in die nur wenige Holzstücke passen, die in einem Korb daneben bereit stehen. Sie bückt sich und legt ein mittelgroßes Stück nach. Nun, da sie zufrieden ist, dreht sie sich herum und setzt sich lächelnd an den Tisch. Die Deckenlampe verbreitet ein warmes mattes Licht, das für den kleinen Raum genügt. Sie reibt die immer geröteten festen Hände gegeneinander, als erwarte sie etwas.

„Es war so schön draußen. Ich blieb, bis alle anderen gegangen waren“, erwidert Friedrich. Seine Hände sind beinahe taub, als er sie aus den Fäustlingen zieht. Behutsam öffnet und schließt er sie wieder, um etwas Wärme zu erzeugen, ehe er die dicken Stiefel packt und von den Füßen zieht. Die dick gefütterte Winterjacke legt er auf die Sitzbank, neben die von Eisresten bedeckte Wollmütze, die zuletzt kommt. Oma schnappt sich die Sachen und trägt sie zum Trocknen nach hinten ins Badezimmer. Tatsächlich wollte Friedrich eher zurück sein, sah dann aber keine Notwendigkeit dazu, da ja Ferien waren und er keine weiteren Verpflichtungen hatte. Er presst seine Finger zwischen die Rippen der Heizung, die trotz des Ofens nicht ausgeschaltet ist. Das bekannte Kribbeln stellt sich ein, auch an den Füßen, die er ebenfalls gegen die Heizung drückt.
„Wo warst Du denn?“ fragt Oma. „Wie immer, am Hang hinter der Schule? Oder weiter fort, am anderen Ende des Dorfes?“ Sie blickt Friedrich wohlwollend an, nickt mehrmals ganz leicht, als würde ihr Kopf zittern, und lächelt.
„Wie immer.“ bestätigt Friedrich. Auch er lächelt und blickt sie lange an. Er ist froh, dieses Immer sagen zu können. Jetzt sagt er es nicht mehr. Das Wort selbst ist seltsam, liegt fremd in seinem Mund. So entkleidet und herausgerissen, ist es wie ein Fremdwort. Beim langsamen Aufsagen fällt ihm auf, wie willkürlich Buchstabe auf Buchstabe folgt, ohne Regel. Ein kleiner weiterer Buchstabe vorangestellt, kehrt es herum: Nimmer.

Traumlos stürzt Friedrich in endlos dunkle Tiefen. Ihm scheint, als würde seine Matratze in der Mitte eingedrückt und nach unten gebogen, so dass er inmitten einer sich vergrößernden Kuhle säße und sich zu allen vier Seiten bald

schon nicht mehr zu überwindende Matratzenwände auftürmten. Gerade noch erreicht er mit der Hand den oberen Rand einer der Wände. Er versucht hinaufzusteigen, rutscht aber immer wieder ab. Tiefer und tiefer sinkt er hinab, als fiele er in einen Brunnen und blicke die ganze Zeit über hinauf zu der sich langsam verkleinernden kreisrunden Öffnung, hinter der er gerade noch seine Zimmerdecke vermutet.
Seine linke Seite brennt wie Feuer, als er erwacht. Ein klopfender Schmerz durchzuckt seine Brust, als er mit den Fingern darüber hinweggleitet. Ein leichter Druck der Fingerkuppen lässt ihn die Zähne zusammenbeißen, ein Aufschrei entfährt seiner Kehle. Langsam schiebt er sich ins Badezimmer, wo er vorsichtig und einige Male pausierend sein Shirt über den Kopf zieht. Das Gleiten des Stoffes über den Rippen raubt ihm die Luft und treibt ihm den Schweiß auf die Stirn. Schließlich steht er erschöpft und mit entblößtem Oberkörper vor dem großen runden Spiegel: Die Rippenbögen der linken Seite sind von einer stark geröteten Ausbuchtung überlagert, die mindestens fünf der seinen Brustkorb umspannenden Gerüstknochen unkenntlich macht. Die Beule ist fast völlig rund und ähnelt dem oberen Viertel eines Fußballs oder einer Melone. Als Friedrich genauer hinschaut, erblickt er wieder einige Haare, die oben herauswachsen, mehr und dichter stehend als beim ersten Mal. Er reißt sie heraus, was den Schmerz vergrößert. Auch scheint es ihm, als sei die Oberfläche der Ausbuchtung von zahlreichen dünnen Äderchen durchzogen, einem stark durchbluteten Gewebe gleich. Vorsichtig legt er die zitternden Finger seiner rechten Hand darauf. Er betastet die Ränder und kehrt danach wieder zur Mitte zurück. Immer wieder. Er stellt sich mit dem Rücken zum Spiegel, dreht den Kopf zur Seite und betrachtet sich von

hinten, um die Ausbuchtung von allen Seiten zu sehen. Ein feiner roter Rand wie von einer Entzündung begrenzt das beinahe völlig radialsymmetrische Gebilde an seiner Basis. Lässt er den linken Arm, den er angewinkelt und mit der Hand am Hinterkopf hoch gehalten hatte, sinken, drückt seine Innenseite unangenehm auf die Ausbuchtung, so dass er den Arm wieder anheben oder ihn unnatürlich seitlich weg strecken muss.
Mit angezogenen Beinen ruht Friedrich auf der rechten Seite, die Arme in Kopfhöhe ineinander verschlungen, die Hände in die Achselhöhlen gepresst und seinen Kopf auf den rechten Oberarm gebettet. So versucht er Schlaf zu finden, der sich aber nicht einstellen will. Er versucht sich einzureden, dass er längst schon schlafe und träume. Freilich ein bizarrer Traum. Aber eben nur ein Traum. Gespenstisch und bedrückend nur so lange er die Augen geschlossen hält, so lange ihn die Nacht mit ihren Irrungen und Täuschungen, mit ihren skurril entstellten Schatten, mit ihren unheimlichen Geräuschen gefangen hält, aber hinfällig und abgestanden, wenn der Tag kommt.
Als er gegen Mittag erwacht, fühlen sich seine Arme taub an, er kann sie kaum bewegen. Sein Nacken ist verspannt. Mit weit aufgerissenen Augen liegt er da und lauscht auf seine linke Seite, die sich still verhält, wagt es nicht, sich aufzurichten. Bisweilen schielt er leicht hinüber, kann aber nichts erkennen. Vorsichtig hebt er den Kopf und stützt sich auf die Unterarme. Noch immer wendet er seinen Blick von seiner linken Seite ab. Aber er spürt: Es ist immer noch da. Ein rascher Blick gibt ihm Gewissheit. Unter seinem Shirt wölbt sich die Beule. Sie brennt nicht mehr, auch glaubt er, dass die Rötung verschwunden ist. Aber sie ist noch da.

Friedrich muss wieder einen Arzt aufsuchen. Wieder sitzt er in einem Wartezimmer und beobachtet die anderen Patienten, die sich in großer Zahl in dem stickigen kleinen Raum gegenseitig auf den Füßen stehen. Nur wenige haben gleich ihm einen Sitzplatz erhalten. Er trägt einen weiten Mantel, der seine entstellte Seite verbergen soll. Gleich neben ihm schwitzt ein dicker Mann. Er steht mit dem Rücken zu Friedrich und keucht immerzu. Friedrich könnte ihm seinem Platz anbieten, aber er zieht es vor, den anderen zu beobachten. Seinen Mantel hat der Mann an der Garderobe abgelegt, er steht also in Hemd und Hose da. Dennoch ist ihm heiß. Immer wieder greift er in seine linke Hosentasche und zieht ein blau kariertes Taschentuch aus, mit dem er sich die Stirn wischt. Dabei stöhnt er vernehmlich. Sein spärliches schon weißes Haar umkränzt seinen kahlen Schädel an der Unterseite. Gleich über dem Kragen zieht sich ein Fettschwulst entlang, die aussieht, als würde sie oben aus dem viel zu engen und bereits durchnässten Hemd hinaus gepresst. Ein unförmiger Rücken zeichnet sich unter dem Stoff ab. Seine dunkelblaue Cordhose ist viel zu groß und hängt einem Sack gleich an ihm herunter. Die gewaltigen schaufelgleichen Füße sind geschwollen und stecken daher in bizarr vergrößerten Schuhen, die einem Riesen gut anstünden. Friedrich schräg gegenüber sitzt gekrümmt ein altes Mütterchen mit einem transparenten Tuch aus Kunststoff, das sie straff um ihren Kopf gebunden hat. Sie kauert weit vornüber gebeugt da, bemüht sich aber den Kopf gerade zu halten und in die Runde zu blicken, was ihr sichtlich Mühe bereitet. Ihr Gesicht ist gerötet, die hellgrauen Augen treten hervor. Mit der Rechten hält sie einen Stock. Die Linke, deren Finger sie immer abwechselnd anhebt, ruht auf der Lehne des Stuhls. Sie trägt einen Rock, aus dem zwei in äußerst dicke schmutzig braune Strumpfhosen verpackte Beine hervorschauen, deren Enden in Sandalen stecken. Auch die Zehenspitzen hebt sie, den Fingern der Linken gleich, immer wieder an, wenn auch nicht einzeln und nur so weit ihr das möglich ist. Sie wird es mit der Hüfte haben, denke Friedrich.

Neben ihr sitzt ein kleiner Junge von vielleicht sechs Jahren neben seiner Mutter. Der Arm des Kleinen ist in Gips gepackt. Er muss gestürzt sein. Seine Mutter redet unentwegt auf ihn ein, hält ihn an, sich gerade zu halten, nicht so viele unnütze Fragen zu stellen und überhaupt still zu sitzen. Er gehorcht nur halbherzig, bessert sich für einen Augenblick, um sogleich wieder in die alten Unarten zu verfallen. Unruhig rutscht er auf seinem Stuhl hin und her, sein unsteter Blick wandert von einer Sache zur nächsten. Seine kurzen Beine lässt er baumeln. Friedrich hört seine hohe piepsige fragende Stimme und den zurechtweisenden ungeduldigen und ziemlich tiefen Klang der Stimme seiner Mutter. Eine noch junge Frau. Sehr attraktiv. Friedrichs Blick weilt lange auf ihr. Ein Duft wie von Vanille geht von ihr aus. Sie bemerkt seine Blicke. Ein hochmütiges Hochziehen der Oberlippe ist die Folge. Friedrich ignoriert diese Äußerung und starrt sie nun unentwegt an, lässt den Blick von unten nach oben und wieder zurück gleiten, was ihr sichtlich Unbehagen bereitet. Sie wendet sich ab, dreht im die Seite zu, was ihn in seinem Vorhaben nicht behindert. Er lässt nicht nach, verengt nun sogar prüfend die Augenschlitze, grinst herüber. Ihre Unsicherheit ist von ihr abgefallen, nervös zupft sie an ihrem Rock und schielt heimlich nach ihm. Als sie schließlich aufgerufen wird, stürmt sie aus dem Zimmer, ihren Sohn hinter sich herziehend.

Es riecht nach Putzmittel. Friedrich blättert in einer der ausgelesenen und zerfledderten Zeitschriften, die auf einem kleinen Tischchen verstreut herum liegen, legt sie aber schnell wieder beiseite. An einer Art schwarzen Brett erblickt er einen aus einer Zeitung herausgeschnittenen Artikel, der die Gehälter der Ärzte zum Thema macht. Eine Liste ist beigefügt, die ihm verrät, welche Fachärzte das meiste Geld verdienen. Er grübelt, was ihm Artikel und Liste vermitteln wollen. Die genannten Beträge sind beachtlich. Friedrich wird aufgerufen. Vor einigen anderen, die meinen, übergangen worden zu sein. Der schwitzende Dicke stampft ein wenig mit seinem Klumpfuß auf. Die Alte ihm gegenüber schüttelt leicht mit dem Kopf. Ein kaum wahrnehmbares Gemurmel durchströmt den Raum und hängt einen Moment lang über den Köpfen. Es kümmert Friedrich nicht. Er wickelt seinen Mantel eng um Brust und Bauch, während er sich erhebt. Eine Schwester geleitet ihn ins Sprechzimmer, das sich ganz am Ende eines langen Ganges befindet. Sie öffnet ihm die Tür und bittet ihn, kurz Platz zu nehmen. Im Raum daneben ertönt eine dumpfe, tiefe Stimme, unterbrochen von kurzen abgehackten und spitz klingenden Bemerkungen einer Frau. Friedrich erhebt sich und beginnt auf und ab zu gehen. Vor dem Fenster macht er Halt und blickt in einen tristen Innenhof, über den Wäscheleinen gespannt sind. Ein kleiner Junge spielt dort in einem Sandkasten. In hockender Position, anscheinend darauf bedacht, sich nicht schmutzig zu machen, befördert er das angefeuchtete Material mit einer kleinen Plastikschaufel in einen Eimer. Als der Eimer gefüllt ist, packt er ihn mit beiden Händen, wobei er die Arme weit von sich streckt, erhebt sich aus einer hockenden Position, droht vornüber zu stürzen, gewinnt das Gleichgewicht aber wieder, stützt mit der Rechten schließlich den Eimerboden, dreht diesen blitzartig um und stemmt ihn mit der Öffnung nach unten gegen den Sandkastenboden, so dass kein Sand vorzeitig entschwinden kann. Sein Gesicht ist vor Anstrengung gerötet, als er den Eimer sanft vom Boden löst und schließlich über die Sandmasse hinweg anhebt, die nun die Form des Eimers hat, den er lose in der Linken hält. Er erhebt sich und tritt einen Schritt zurück, um sich das Ganze genauer anzusehen. Er lächelt, ist stolz auf sich. Der Anblick des eimerförmigen Sandhaufens bereitet ihm Freude. Der Arzt tritt ein. Ein großer schlanker Mann, dessen Gesicht von einem arroganten Lächeln entstellt ist, während er Friedrich kurz die Hand reicht und sich an seinen Platz hinter dem schweren Schreibtisch begibt. Er schlägt Friedrichs Akte auf, die leer sein muss, den Friedrich war noch niemals hier, kritzelt etwas hinein und richtet schließlich mit der Friedrich bereits bekannten tiefen und wuchtigen Stimme das Wort an ihn, wobei er diesen über die Gläser seiner rahmenlosen Brille hinweg fixiert. Während der Angesprochene ihm seinen Fall schildert, senkt er den Blick wieder und beginnt erneut zu schreiben. Einige Male hebt er überrascht die Brauen. Friedrich scheint ihm Interessantes zu präsentieren, denn der Arzt lässt den Stift schließlich sinken, schaut wieder über die Gläser und öffnet den Mund ein wenig. Dann erhebt er sich, tritt flink hinter seinem Schreibtisch hervor und bittet Friedrich, sich seines Mantels und des Hemdes darunter zu entledigen. Friedrich gehorcht. Der Arzt weicht ein wenig zurück, als Friedrich schließlich mit nacktem Oberkörper vor ihm steht. Sein Mund steht nun noch weiter offen. Vorsichtig pirscht er sich wieder heran, die zu losen Krallen geformten Hände wie schützend nach vorne streckend. Sein Blick lässt die rötliche Ausbuchtung an Friedrichs Seite nicht mehr los. Er hat so etwas noch nicht gesehen, wie es scheint. Die Spitze seines linken Zeigefingers gleitet darüber hinweg. Friedrich zuckt

zurück, woraufhin die Augen des Arztes für einen kurzen Moment die seines Gegenübers suchen, als ob er prüfte, ob sich Friedrich einen Scherz mit ihm erlaube. Während er sich an Friedrichs linker Seite zu schaffen macht, erkennt dieser winzige Schweißperlen auf der Stirn des anderen. Seine Hände zittern. Er ist ratlos. Schwankenden Schrittes begibt er sich zu seinem Stuhl zurück, lässt sich hineinfallen und lehnt sich nach hinten. Gegen die Decke blickend, spricht er mir mit gebrochener Stimme von weitergehenden Untersuchungen. Er schickt Friedrich also zum Röntgen.
Wieder muss er eine Weile warten, diese Mal in einem anderen Raum. Drei Türen grenzen daran: Röntgen 1, Röntgen 2 und Röntgen 3. Immer wieder tritt eine Schwester aus einer der Türen und bittet den nächsten Kandidaten herein. Als Friedrich an der Reihe ist, wird er durch einen winzigen Vorraum in eine große verdunkelte Kammer geführt, an deren Schmalseite der Durchleuchtungsapparat aufgestellt ist, ein weißer quaderförmiger Kasten, an dessen Oberseite ein in zwei Gelenken drehbarer Arm befestigt ist. Nachdem sich Friedrich auch hier seines Hemdes entledigt hat, stellt ihn die Schwester, die erkennbar verunsichert ist, mit dem Rücken zur Maschine, indem sie mit ihrer rechten Hand sanften Druck auf seine linke Schulter ausübt. Sie schiebt Friedrich von sich. Dann biegt sie den drehbaren Arm herunter und presst dessen vorderes Ende auf die Ausbuchtung an Friedrichs Seite. Ein Ausdruck des Ekels huscht über ihr hübsches Gesicht. Sie ermahnt Friedrich, still zu stehen, verschwindet für einen Augenblick in einem angrenzenden Zimmer, um Sekunden später wieder aufzutauchen. Sie verändert die Stellung des Arms geringfügig, verschwindet wieder, kehrt zurück. Friedrich darf sich anziehen und wieder draußen Platz nehmen.

Nach einer Weile bittet ihn der Arzt erneut zu sich. Er steht an einem Leuchtschirm, an dessen oberen Ende Friedrichs Röntgenbilder mit einer Klammer befestigt sind. Die rechte Hand hält er zur Faust geballt vor seinen Mund, die linke in die Hüfte gestemmt. Kopfschüttelnd steht er vor den schwarzweißen Aufnahmen des knöchernen Inneren. Auf dem einen der beiden Bilder erkennt man die feinen weißen Linien von Friedrichs Rippenbögen, die am linken Bildrand vom massiven Block des Brustbeins zusammengehalten werden. Darüber setzt das filigran geschwungene Schlüsselbein an, das bis zur Schulter reicht. Dort aber, auf der rechten Bildseite, wo sich die Rippen nach hinten und also aus dem Sichtfeld biegen sollten, scheint ein weiterer knöcherner Bereich vorhanden zu sein. Eine verschmierte konturlose weiße Fläche, die mehrere Rippenbögen zu umfassen scheint, springt dem Betrachter ins Auge. Auch auf dem anderen Bild das gleiche. Auch hier die merkwürdig verwischte weiße Fläche. Die Rippen, die seitlich nach hinten laufen und verblassen, wirken wie aus dem Gebilde herausgewachsen oder genährt. Wieder bemerkt Friedrich die Schweißperlen auf der Stirn des Arztes. Verlegen trippelt der Mediziner von einem Bein auf das andere. Er nimmt Platz, kritzelt wieder in der Akte und entlässt Friedrich schließlich. Er überweist ihn zu einem Kollegen. Weitere Untersuchungen sollen folgen.

Friedrich fährt mit der Straßenbahn nach Hause. Die Strecke ist zu dieser Tageszeit stark frequentiert, vor allem von Berufspendlern, zu denen er auch gehören würde, wäre er nicht krankgeschrieben. Der Arzt hat seine Krankschreibung um weitere zwei Wochen verlängert, wobei er sich sichtlich schwer tat, einen Grund anzugeben. Eine Weile saß er nachdenklich und mit gezücktem Stift über den Schein gebeugt, wobei er das hintere Ende des Stiftes mit den Zähnen traktierte und immer wieder nervös mit dem Vorderfuß auftrat. Schließlich schrieb er etwas von einem Ödem an der linken Brustseite, was nur halb der Wahrheit entsprach. Von einer Wassereinlagerung konnte schließlich keine Rede sein, wenngleich es auf den ersten Blick vielleicht so scheinen mochte. Verlegen reichte er Friedrich den Zettel, den dieser rasch in seine Tasche gleiten ließ.

Friedrich gegenüber sitzen zwei Jungen, beide ungefähr zwölf Jahre alt. Der eine der beiden trägt kurz geschorenes dunkelblondes Haar, das im Nacken etwas länger gelassen wurde. Seine großen hellblauen Augen ruhen auf seinem Freund zu seiner Seite, einem kleinen, leicht übergewichtigen Jungen, dessen rundes glänzendes Gesicht von einem Helm schwarzer Locken umrahmt wird. Er trägt eine Brille mit schweren Gläsern, durch die er seinerseits den Blonden fixiert. Auf ihren Schößen liegen ihre buntfarbigen Schulranzen. Sie spielen ein Spiel. Ein Kartenspiel. Jeder von ihnen hat einen Stapel Karten in der Hand, auf deren Vorderseite Luftfahrzeuge verschiedenster Art abgebildet sind, versehen mit allerlei technischen Daten. Das Ziel des Spiels scheint es zu sein, das Flugzeug des Gegenübers durch die Überlegenheit des eigenen auszustechen und dessen Karte daraufhin einzuheimsen, denn abwechselnd verlesen sie die auf ihre Karten angedruckten Daten und warten gespannt auf die Angaben des anderen. Beide lachen viel. Der blonde Junge hat schöne ebenmäßige Zähne, die beim Lachen wunderbar mit der sanften Bräune seines Gesichts kontrastieren. Die Augen des kleineren von beiden strahlen, wenn er die Mundwinkel vor Freude nach oben zieht. Sie necken sich. Ihre Ausgelassenheit,

ihre völlige Hingabe an das Spiel und an den Augenblick machen Friedrich nachdenklich.
Einige Meter von ihm entfernt randalieren zwei Jugendliche. Beide tragen kurz geschorenes Haar, das ihre würfelförmigen Köpfe nach oben hin in eben dieser Form fortsetzt. Aus durch hoch sitzende Wangenknochen und tiefer Stirn merkwürdig zusammengepressten froschartigen hellen Augen blicken sie einen Moment lang zu Friedrich herüber. Ihre Unterkiefer sind breit und stehen beim Sprechen leicht vor. Lachend werfen sie sich kleine Brocken ihrer knochenlosen trockenen Sprache zu, während sie einen älteren Mann dazu bewegen wollen aufzustehen und ihnen seinen Platz zu überlassen. Er möchte nicht und wehrt sich zaghaft und kraftlos. Sie beginnen ihn anzustoßen. Widerwille steigt in Friedrich auf. Die anderen Fahrgäste senken die Köpfe, tun beschäftigt, wenden sich ab. Der alte Mann blickt Hilfe suchend in die Runde. Keiner will ihm zur Seite stehen. Friedrichs Herz schlägt immer schneller, wilder Zorn steigt in ihm auf, was er mit Genuss registriert. Die Wut will ihn von seinem Platz scheuchen, aber Friedrich hält die Lehnen seines Sitzes fest umklammert und weicht nicht. Die Jugendlichen fassen den Mann nun immer grober an, schlagen ihm sogar mit der flachen Hand gegen die Stirn. Friedrichs Raserei, die einem Gefühl der Lust gleicht, raubt ihm fast die Sinne. Er stellt sich vor, wie er sich langsam den beiden Randalierern nähert, die ihn erst bemerken, als er ganz dich vor ihnen steht. Sie tun überlegen, bedrängen ihn mit ihren Leibern und stoßen nun auch Friedrich gegen die Schulter. Er bittet sie, den alten Herrn nicht länger zu belästigen. Sie lachen und tun groß. Friedrich lächelt sanft, während ihm der Hass fast die Brust zerreißt. Der kleinere von beiden macht eine schnelle Bewegung mit dem Arm, als wolle er Friedrich

niederschlagen. Dieser greift das Handgelenk des Angreifers mit seiner Rechten, während seine Linke dessen Unterarm direkt unterhalb des Ellbogengelenks fixiert. Friedrich dreht das Handgelenk herum. Ein deutliches Knacksen verrät ihm, dass er es gebrochen hat. Friedrich dreht weiter. Elle und Speiche brechen und treten seitlich aus seinem Arm hervor, den Gräten eines Fisches gleich, den man auf seinem Teller genüsslich zerlegt. Der so Geschädigte starrt ungläubig auf seinen Arm. Blankes Entsetzen ist ihm ins bleiche Gesicht geschrieben. Sein Freund weicht zurück, stolpert und fällt hin. Auch der alte Mann fürchtet sich vor Friedrich, fast mehr als von seinen Peinigern. Die Furcht aller steigert Friedrichs Lust. Er schnappt sich den am Boden liegenden Größeren der beiden, zerrt ihn an seiner Jacke nach oben und verpasst ihm mit der Rechten einen solchen Schlag auf die Brust, dass auch hier das Brechen des Brustbeins seinen Erfolg verkündet. Ohnmächtig stürzt der Getroffene in sich zusammen.

Als Friedrich wieder bei sich ist, sind die beiden Jugendlichen und auch der alte Mann verschwunden. Er muss eingeschlafen sein. Die Straßenbahn hat sich inzwischen merklich geleert, auch Friedrich muss bald aussteigen. Ein wenig benommen und seinen Mantel dicht um sich geschlungen, begibt er sich zu einer der Türen. Er klammert sich an die Mittelstange. Sein Kopf schmerzt. Er ist froh, als er den Wagen verlässt und ihm die kühle Abendluft entgegenweht. Die Sonne ist bereits untergegangen, ein blasser rötlicher Streifen am Horizont ist von ihr geblieben. In den meisten Häusern brennt Licht. Die Pendler kehren heim zu ihren Familien. Beim Eintreten schütteln sie die Sorgen des Arbeitsalltags ab, legen ihre Verkleidung beiseite und treten ein in die wohlige Wärme ihres Heims. An ihren Wangen haftet noch die Kühle des späten

Herbsttages, aber schon steigt das traute Gefühl des Angekommen Seins von den in behagliche Hausschuhe verpackten Füßen herauf. Draußen verglüht der schmale Lichtstreifen am Horizont und weicht einer kristallklaren Nacht. Der Pendler sitzt bequem im dämmerigen Schein einiger Kerzen und blickt hinaus in die Welt, die er jetzt hinter sich gelassen hat. Hier kann sie ihm nichts anhaben, hier ist er unerreichbar. Vor wenigen Stunden noch war er ein unscheinbares Rad im Weltgetriebe gewesen, nun ist er ein sanftmütiger und weiser Herrscher in seinem eigenen kleinen Reich.

Auch Friedrich kehrt heim. Niemand erwartet ihn. Die Deckenlampe tränkt den Flur in ein grelles weißes Licht. Es ist kalt. Friedrich dreht die Heizung auf, aber es wird nicht recht warm. Er setzt sich einen Moment lang auf die Couch. Wieder die drückende dumpfe Stille. Noch will er sie nicht zerreißen. Ein unerwartetes Klingeln der Türglocke füllt die Leere für einen Augenblick. Danach wieder Stille, aber eine andere als die zuvor. Sie hat sich von ihm zurückgezogen und horcht zur Tür hin. Wieder klingelt es. Dann ein drittes und viertes Mal. Auch Friedrich lauscht. Er erwartet niemanden. Niemals erhält er Besuch zu dieser Zeit.

Ein wenig verstört begibt er sich zur Wohnungstür und betätigt den Türöffner, der unten die Haustür entriegelt. Er streckt seinen Kopf ein Stück weit auf den Gang hinaus und vernimmt das sanfte und etwas zögerliche Auftreten von Damenschuhen auf den grauen Steinstufen, die hinauf führen. Das Geräusch kommt näher. Gleich muss der Besuch um die Ecke kommen. Durch die hohen Flügeltüren, die zu seiner Etage führen, tritt eine mäßig elegant gekleidete Dame seines Alters. Er kennt sie. Eine Arbeitskollegin. Als sie ihn erblickt, lächelt sie und tritt näher. Friedrich reicht ihr zaghaft die Hand und täuscht ein wohlwollendes Überrascht Sein vor. Sie versichert ihm, sich Sorgen gemacht zu haben, weil er nun im Büro schon einige Tage ausgeblieben sei. Da habe sie sich gedacht, dass es nicht schaden könne, ihn einmal aufzusuchen, was ihre keine Umstände bereite, da sie gar nicht weit entfernt wohne und sogar zu Fuß habe kommen können. Friedrich zieht die Augenbrauen hoch, stammelt ein „Tatsächlich?“ und ein „Das ist ja nett!“ und bitte sie herein. Ein zarter Duft wie von Zitrone folgt ihr nach, als sie dicht an ihm vorbei tritt. Er schließt die Tür und weist ihr den Weg zum Wohnzimmer. Sie sitzen sich einen Moment schweigend gegenüber, ehe ihr Friedrich einen Tee anbietet. Während er ihn zubereitet, hört er, wie sie im Wohnzimmer an seinen Regalen entlang geht. Als er zurückkommt, hat sie wieder Platz genommen und stützt sich auf ihre Hände, die sie hinter ihrem Rücken auf das Sofa gestemmt hat. Schlürfend nippt sie an ihrem Tee. Friedrich betrachtet sie ausgiebig, während sie mit beiden Händen die Teetasse umfasst und pustet. Ihre etwas zu breiten Lippen heben sich wie zu einem Kuss. Ihre Hände sind schmal, lang und blass und zittern ein wenig, während sie die Tasse zum Mund führt und einen Schluck der heißen Flüssigkeit einsaugt. Sie ist nicht eigentlich hübsch, die Nase ist zu wuchtig, die Haut ein wenig fleckig, die Augenschlitze schmal. Dafür ist sie groß und üppig gewachsen. Unter der violetten Bluse wogt ihr mächtiger Busen. Die relativ schlanken Beine hat sie übereinander geschlagen. Ihr Rock ist etwas hoch gerutscht. Verlegen lächelt sie ihn an.

Im Büro sieht er sie meist von Ferne. Zwischen ihnen stehen zahlreiche Tische und eine nicht mindere Anzahl von Köpfen versperrt ihm meist den Blick. Dennoch entgeht es ihm nicht,

dass sie bisweilen von der Arbeit aufsieht und heimlich zu ihm herüberschielt. In der Regel tut Friedrich so, als ob er es nicht bemerke. Im geheimen jedoch genießt er ihr stilles Verlangen, auch wenn er es nicht teilt. Er kennt nur ihren Namen, viele Worte sind bisher nicht gefallen. Ein flüchtiger Gruß, eine Handvoll belangloser Silben. Jetzt entschuldigt sich bei ihm, ihn einfach so überfallen zu haben. Seine Adresse sei ihr ganz zufällig, durch einen flüchtigen Blick auf seine aufgeschlagene Akte, bekannt geworden. Auch für diese Indiskretion entschuldigt sie sich. Friedrich wiegelt ab und bedankt sich erneut für ihren Besuch. Sie erzählt ihm von sich. Von ihrer Familie. Ihrer Herkunft. Welche Freude ihr ihre Arbeit bereitet. Wie dankbar sie für diese Stelle ist, für die Möglichkeiten, die sich ihr bieten, für ihr angenehmes Arbeitsumfeld, wie dankbar sie überhaupt und im Allgemeinen ist. Friedrich nickt, hört aber kaum hin. Während sie spricht, rudert sie mit den Armen. Ihre Bluse spannt sich über dem Busen. Friedrich setzt sich neben sie. Sie ist für einen Moment verunsichert, unterbricht sich, weicht ein kleines Stückchen zurück und erzählt weiter. Rasch beugt er sich hinüber und küsst sie. Sie erschrickt, will schon aufspringen, beherrscht sich aber. Friedrich entschuldigt sich und greift sich an den Kopf, wie um Schmerzen vorzutäuschen. Sie ergreift die Gelegenheit, faselt etwas von der späten Stunde und ist schon verschwunden. Etwas enttäuscht und auch erleichtert, sieht Friedrich ihr nach, wie sie die Treppe hinuntereilt, ohne sich noch einmal umzublicken. Sie wird wiederkommen.
In der Wohnung wartet bereits die Stille auf Friedrichs Rückkehr. Sie hatte sich während der Dauer des Besuches seiner Kollegin zurückgezogen, in den dunklen Ecken darauf lauernd, dass er endlich wieder allein sei. Nun spürt er, wie sie

sich an seinen Körper schmiegt, in Nase und Ohren kriecht und in seinem Mund einen bitteren und trockenen Geschmack hinterlässt. Sie prickelt ein wenig auf der Haut, während sie darüber entlang streicht, besonders auf seiner linken Seite, wo er unter seinem Hemd die Wölbung spürt. Er lässt die Hand darauf ruhen und übt sanften Druck aus, was einen leichten Schmerz verursacht, der Empfindung gleich, die man erhält, wenn man sich das Schienbein gestoßen hat und ein paar Tage später den blauen Fleck betastet, der sich mittlerweile gebildet hat. Man drückt darauf, verspürt den wohligen Schmerz, der kurz darauf wieder verschwunden ist, und drückt erneut. Immer wieder, nur um das Nachlassen des Schmerzes auszukosten, das um so vieles angenehmer ist, als das plötzliche Eintreten desselben unangenehm ist. Obwohl man ihn erwartet, kommt er doch wie unangekündigt und überraschend, man holt kurz Luft, es ist nur ein Augenblick, kaum ist man sich dessen gewahr, ist es vorüber, es beginnt die um so viel längere Phase des wohligen Abklingens, des sanften Verschwindens, die sich auszumalen man zuvor nicht in der Lage war. Man muss es erproben. Friedrich erprobt es. Mit dem Zeigefinger umfährt er den leicht entzündeten und daher geröteten Rand an der Basis der Wölbung, wobei er den Druck variiert. Dadurch vertreibt er die Stille. Der Schmerz vertreibt die Stille.

Der späte Besuch am Vortag geht Friedrich nicht aus dem Sinn. Er erinnert sich an das körperliche Verlangen, das ihn plötzlich ergriffen hatte. Den kurzen Moment des Kusses, das auf merkwürdige Weise mit einem Ausdruck verhaltener Freude vermischte Erschrecken auf ihrem Gesicht, ihr überstürzter Abgang, da sie nicht wusste, wie sie mit dem Erlebten umgehen sollte. Er ist sich sicher, etwas erreichen zu können. Trotz der Unbeherrschtheit am Vorabend. Was er tat und noch tun würde, spielt keine Rolle. Er hat mit den Jahren gelernt: Eine Frau, die sich interessiert, nimmt alles hin, eine, die sich aber nicht interessiert, ist nicht zu erobern, wie umsichtig und planerisch ihr Verehrer auch vorgeht. Es ist einerlei, was er tut. Die Frau entscheidet für ihn.

Unvermutet denkt er an sie. Er lernte sie in der Universität kennen, bei einer Vorlesung, die sie gemeinsam besuchten. Sie fiel ihm zunächst nicht auf. Er kam auch oft zu spät, was aber weder ihm noch dem Dozenten Kopfzerbrechen bereitete, da der Hörsaal von hinten betreten wurde, so dass er sich also beinahe unbemerkt unter die Zuhörer mischen konnte. Sie saß fast immer in einer der vorderen Reihen. Ihr dunkler Haarschopf lag schwer und unbeweglich auf ihren Schultern. Sie wirkte eifrig und konzentriert, wie sie leicht vornüber gebeugt beinahe jedes Wort des Dozenten mitzuschrieben schien, ihr Blick ging kaum zur Seite, geschweige denn drehte sie den Oberkörper, um einmal zurückzublicken. So sah Friedrich ihr Gesicht erst, als die Vorlesung beendet war und sie also in den hinteren Bereich des Hörsaals kommen musste, um den Raum wieder zu verlassen. Meist schritt sie rasch und zielstrebig dem Ausgang entgegen, den sie schon vorzeitig ins Auge gefasst hatte. Obwohl er sich zu Beginn der Vorlesung ganz an den Rand gesetzt hatte und sie folglich am Ende ganz nah an ihm vorübergehen musste, bemerkte sie ihn nicht oder tat zumindest so. Friedrich blickte sie unverwandt an, während sie vorbei schritt. Ihr Gesicht war recht blass, die Lippen etwas spröde, die Nase spitz mit schmalen eng aneinander liegenden Flügeln. Der Blick unter zu dicken Brauen verriet eine gewisse Anspannung. Sie verbreitete einen süßlichen Duft, während sie dem Ausgang entgegeneilte. So vergingen ein paar Wochen.

Einmal schlich Friedrich ihr nach, verlor sie dann aber im Gedränge, das zur Mittagszeit recht groß war. Nur selten erblickte er sie zufällig einmal in der Ferne, meist in der Mensa, wenn er das Essen still in sich hineinschaufelte und den Blick schweifen ließ. Friedrich war nicht verliebt. Aber er wollte es sich einreden, es zu sein. Er dachte sich Geschichten aus, stellte sich vor, wie er ihr in den Weg trat, wie sie dann errötete, sich beim Sprechen verhaspelte und überhaupt ein wenig die Fassung verlor, die sie sonst so eifrig zu wahren trachtete - Eine leere Cafeteria wurde zum Schauplatz seiner Fantasien: Sie saß an einem der Tische hinten in der Ecke, vertieft in die Bearbeitung einer der Übungsblätter, die wöchentlich abgegeben werden mussten. Friedrich setzte sich wenige Meter von ihr entfernt an einen der anderen Tische und blickte hinüber. Auch er brütete über dem Übungsblatt. Eine der Fragen konnte er nicht beantworten. Zögernd stand er auf. Mit dem Blatt in der Hand und mit der Bitte um Hilfe setzte er sich neben sie. Sie kamen ins Gespräch.
Unbewusst fing Friedrich an, sie in der Menge zu suchen. Einen flüchtigen Blick aufzufangen. Schnell wurde diese Suche zum eigentlichen Antrieb seiner Besuche in der Universität. Grenzenlos die Verzückung an Tagen, wenn er sie ein- oder gar zweimal in der Menge ausmachen konnte. Bodenlos die Verzweiflung, wenn er sie eine Woche nicht sah. Ihr Entrückt Sein wurde ihm unerträglich und doch zur alleinigen Quelle seiner Leidenschaften. Alles Lebendige in ihm schien durch sie genährt und aufrecht erhalten. In der Nacht träumte er von ihr. So ging es über Monate. Dann verschwand sie. Vielleicht hatte sie die Universität verlassen, denn das Wintersemester war gerade zu Ende gegangen. Vielleicht hatte sie sich auch nur ein halbes Jahr an einer Universität im Ausland eingeschrieben und

würde bald zurückkehren. Aber sie kehrte nicht zurück. Nach einem halben Jahr nicht. Nach einem ganzen nicht. War Friedrich zunächst wie benommen, verging auch das recht schnell. Hier und da kam sie ihm wieder in den Sinn, unerwartet und flüchtig. Für einen kurzen Augenblick sah er dann ihr blasses lächelndes Antlitz, ihren kleinen verkniffenen Mund, die kleine Falte der Anspannung auf der Stirn so deutlich vor ihm, dass ihm die Tränen in die Augen stiegen und er sich mit einem geflüsterten Ausruf des Schmerzes abwenden musste und die Augen schloss. So konnte geschehen, dass er mitten im Gespräch wie vor den Kopf gestoßen innehielt, sich vom Tisch erhob, den Stuhl lärmend zu Boden warf und davonlief, ohne ein weiteres Wort zu verlieren. Einmal glaubte er sie in der Menge erkannt zu haben. Eilig quetschte er sich durch die ihm den Weg versperrende Menschenmasse, stieß den einen oder anderen rüde zur Seite und rief sogar ihren Namen. Aber kaum war er dort angekommen, wo er sie vermutet hatte, war sie verschwunden. Ein Gefühl der Panik bemächtigte sich dann seiner. Vornüber gebeugt, die Hände auf den Knien, stand er keuchend und mit einem flauen Gefühl im Magen unter all den Leuten, die ihm im großen Bogen auswichen. Das Dröhnen und Klopfen in seinem Kopf dämpfte ihre Stimmen, so dass es ihm schien, als wäre er allein.

In solchen Augenblicken wurde ihm ihr Wegsein zum Martyrium, in weit größerem Maße als ihm ihr Dasein Genuss bereitet hatte. Sie wurde dann zum Ziel all seiner Sehnsüchte, sie zu besitzen garantierte die Erfüllung all seiner Wünsche. Und doch begriff er selbst sehr gut, dass er sich belog: Es ging das Gerücht, sie käme bald zurück. Einer ihrer Bekannten, mit denen sie früher zu tun hatte, äußerte sich in dieser Weise. Friedrichs Herz schlug schnell. Neben der heißen Welle der

Euphorie, die seinen Kopf erhitzte, griff auch ein Gefühl der Leere und der Müdigkeit auf ihn über, der alle Glieder und auch den Geist erfassenden Erschöpfung des Langstreckenläufers gleich, der nach endlosen Stunden des Laufens schließlich sein Ziel erreicht. Auf der Strecke noch, ein schmerzendes Bein unablässig vor das andere setzend, in der auf und niedergehenden Brust ein mit aller Kraft zuckendes Herz, die nasskalte Luft in die nach Erholung und Ruhe lechzenden Lungen ziehend, ist all sein Sinnen auf das Erreichen der Ziellinie gerichtet gewesen. Von ihr erhofft er die Erlösung. Nun aber, da er neben vielen weiteren in sich zusammengesunken auf dem Boden kauert, keuchend und prustend, sieht er ein, dass er sich geirrt hatte. Er wollte das Ziel nicht erreichen, es hätte etwas unerreichbar Fernes bleiben sollen, ein eitler Wunschtraum, eine fantastische Illusion, eine unstillbare Sehnsucht. Das Laufen war das Eigentliche, nicht das Ankommen. Kein Läufer will ankommen. Für Friedrich war das Verlangen das Eigentliche gewesen, nicht die Erfüllung dieses Verlangens. Er begehrte, ohne seine Begierde stillen zu wollen. Welche schmerzvolle Lust war es ihm gewesen, sich verspätet in eine der hinteren Reihe Hörsaals zu schleichen und ihren leer gebliebenen Platz anzustarren. Mit auf das Pult gestutzten Ellenbogen, den Kopf in die Hände vergraben, die müden Augen halb geschlossen, saß er da und achtete nicht der Worte, die der Dozent vorne in die Menge warf. Erst als alle anderen den Saal bereits verlassen hatten, nicht ohne sein merkwürdiges Verhalten mit einem unverständlichen Kopfschütteln zu quittieren, stand auch Friedrich auf und schlurfte nach draußen. Er ging die Wege, von denen er wusste, dass sie sie früher gegangen war. Der Herbstwind blies die gelben welkenden Blätter der Bäume

wirbelnd über seinen Kopf hinweg, während er seinen Mantel enger um sich schloss. Am Himmel war turmhohes Gewölk aufgezogen, das die Szenerie rasch verdüsterte und in ein drohendes dunkles Licht tauchte. Kein Mensch war mehr zu sehen. Eine ungeheure Spannung lag in der Luft, ein letztes Aufbäumen und sich zur Geltung Bringen aller Naturkräfte, ehe mit der Eintrübung des Himmels und dem einsetzenden Regen das Messerwetzen beendet war und Beruhigung, Entspannung, Befriedigung einsetzte. In dünnen harmlosen Fäden spann sich nun der Regen vom Himmel herab, der einer gleichmäßig schmutzig grauen Fläche glich, die wie eine Haube über der Welt lag. Auch in ihm war die Spannung gewichen und hatte einer unangenehmen Erschlaffung Platz gemacht, der bitteren alltagsgrauen Ernüchterung nach einer durchgebrachten Nacht nicht unähnlich, wenn das helle Tageslicht die überall herumstehenden Zeugnisse der nächtlichen Festlichkeit mit unerbittlicher Schärfe umreißt und beim von Kopfschmerzen geplagten und übermüdeten Betrachter ein fades, abgestandenes Gefühl hervorruft.
Schließlich blieben eines Tages auch diese bittersüßen Momente aus. Die einst Angebetete wurde zu einer fernen Erinnerung, die ihn nur noch äußerst selten anflog. Freilich ahnte er bisweilen, dass er sie hätte ansprechen sollen, dass er die Gelegenheit nicht ungenutzt hätte vorübergehen lassen dürfen. Mit großem Schrecken sah er dann den Schatz an Möglichkeiten, der ihm aus den Händen geglitten war. Aber vielleicht irrte er sich auch.

Er widmete sich nun wieder vermehrt seinen Studien, die er in jenen Monaten merklich vernachlässigt hatte, zeitweise gar nicht mehr betrieben hatte. Mit einer bisher kaum gekannten Verbissenheit stürzte er sich in die spekulativen und abstrakten Tiefen der Wissenschaft, verbrachte viele Stunden über seine Bücher gebeugt und verließ das Bibliotheksgebäude beinahe immer als letzter, mit glühenden Wangen und einem merkwürdigen Summen im Ohr. Keine Vorlesung ließ er mehr aus, immer traf man sich in der ersten Reihe an, wo er stieren Blickes seine Notizen machte. Selbst die Professorenschaft betrachtete ihn bald mit einer Mischung aus Bewunderung und Argwohn, wobei die Bewunderung überwog, wie Friedrich selbst annahm. Immer mehr zog er sich von seinen Freunden zurück, bis sie zu jenen fremden Gestalten wurden, die man wohl von Ferne grüßt, die einen aber eigentlich gar nichts mehr angehen, die man schon vergessen hat, kaum dass man den Blick wieder geradeaus richtet. Bis spät in die Nacht hinein brütete er über den Schriften vergangener Geistesriesen, die die Erkenntnis so weit voranbrachten, dass Friedrich bisweilen glaubte, er sähe nur die Spitzen einer unerhörten in unerreichbare Tiefen reichenden Wahrheit. Er las über vollkommene Zahlenmengen, entstanden durch eine natürliche Erweiterung kleinerer und unvollkommener Zahlenräume und in denen jeder aus einer Kombination der Grundrechenarten entstandene formelmäßige Ausdruck in der einfachsten und natürlichsten Weise in eine Menge simpler Produkte zerfiel. Er las über das Problem der Zuweisung eines irgendwie gearteten Inhalts zu einer beliebigen Menge des endlich dimensionalen Raums derart, dass sich daraus auch die bekannten Inhalte einer Linie, eines Dreiecks, einer Kugel ergäben. Er musste bestürzt erkennen, dass das nicht möglich war oder dass dieses Vorgehen, wenn man es doch erzwänge, die widernatürlichsten Konsequenzen zur Folge hätte. So könnte man eine Kugel in zwei Hälften teilen und aus jeder der Hälften die ursprüngliche

Kugel neu erschaffen, so dass man wie von Zauberhand zwei statt einer hätte. Er las über die Unmöglichkeit der Erschaffung eines Systems von Regeln derart, dass sich jede Aussage über die dem Regelsystem zugrunde liegende Menge entweder beweisen oder widerlegen ließe, so dass also immer unentscheidbare und für alle Zeit unzugängliche Theorien über blieben, gleich wie mächtig man den ursprünglichen Regelkanon auch gestaltet hatte oder auch nachträglich verbesserte.

Trotz aller schweißtreibenden Anstrengung, trotz der permanenten Müdigkeit, dem flatternden Herzschlag, dem fliegenden Puls und dem immer mehr an Intensität zunehmenden Summen im Ohr konnte er die einzelnen Bausteine jedoch nie zu einem Ganzen verbinden. So leicht es ihm wohl bisweilen fallen konnte, einem komplizierten Gedankengang zu folgen, so unmöglich war es ihm, Zusammenhänge herzustellen, die unzweifelhaft bestehen mussten. Alles blieb schemenhaft und im Dunkel verborgen. Nahm ihn der Autor an die Hand, folgte er willig; ließ er ihn allein, versagte er kläglich. Kein origineller Gedanke wollte seinem gemarterten Hirn entspringen. Lange Zeit taten auch diese Widerstände seinen Anstrengungen keinen Abbruch. Äußerlich verblasste er, trat hinter sich selbst zurück.

Aber wie jeder Abschnitt in seinem Leben einmal ein Ende hatte und er nichts bis zum Äußersten trieb, sich vielmehr selbst in der anscheinend größten Ausgelassenheit noch irgendwie zurücknahm, so auch hier. Nach und nach war Friedrich von seiner Unfähigkeit, den Dingen wirklich auf den Grund zu gehen, immer mehr frustriert, mied schließlich Bücher und Bibliothek und kehrte also ins normale studentische Leben zurück. Seine alten Freunde mieden ihn

weiterhin und er sie. Ein Band war zwischen ihnen zerrissen worden, das nicht mehr zu flicken war. Er war daher weiterhin viel allein, steckte den Kopf aber nicht mehr zwischen die unzähligen Seiten gelehrter Bücher, sondern ging im Park spazieren oder setzte sich in den Hof vor der Mensa und beobachtete die anderen Studenten. Ein milder Frühling war in jenen Tagen gerade hereingebrochen und hatte die dunklen kalten Tage, die er in den dumpfen Gängen zwischen den vor und hinter ihm aufgetürmten Büchertürmen im Lesesaal verbracht hatte, vertrieben. Das erste zaghafte Blühen der Bäume und das Rauschen des warmen streichelnden Windes zwischen ihren Ästen trieben ihn ins Freie und vermittelten ihm ein Gefühl des Neubeginns und der Möglichkeit, auf nun anderen und besseren Wegen voranzuschreiten.
Eine heitere und doch konzentrierte Gelassenheit bemächtigte sich seiner, eine ihm bisher unbekannte Duldsamkeit und Nachsicht gegenüber kleineren Nachlässigkeiten, die er sich erlaubte. Vorlesungen besuchte er keine mehr. Am späten Morgen oder gar am Vormittag stand er auf, frühstückte lange und ausgiebig, saß eine Weile am Fenster und starrte hinaus auf die sich belebende Natur, ehe er seine kleine Wohnung verließ, um sich draußen dem Müßiggang hinzugeben. Im Park schritt er die kiesbedeckten Seitenwege hinab, die ein Stückchen in den umliegenden Wald hineinführten. Durch das noch weitgehend laubfreie Dach von Ästen drangen die Strahlen der hellen Frühlingssonne herein und warfen lustige Schatten auf den weichen Waldboden. Der würzige Geruch der Luft, das kraftvolle Piepsen einiger unsichtbarer Vögel und das hektische Geraschel im Unterholz hier und da begleiteten ihn auf seinem Spaziergang und leerten seinen Kopf so vollständig, dass er am Abend nach der Rückkehr bisweilen den Eindruck

hatte, in den vergangenen Stunden keinen einzigen Gedanken gehabt zu haben.
Auf einen milden Frühling folgten strahlend schöne heiße und lange Junitage und südlich warme Abende und Nächte. Die Menschen drängten sich in den Straßencafés. Auch Friedrich saß dort stundenlang unter sommerlich elegant gekleideten Damen oder auch jungen Männern und Frauen in schlichten luftigen Hosen und Shirts, die mal leise miteinander plauderten, ein anderes Mal hitzige Diskussionen führten, wobei sie sich bisweilen den Schweiß von der braun gebräunten Stirn wischen mussten, denn die Luft war auch zur späten Stunde noch drückend und wie überladen von der Hitze des zu Ende gegangenen Tages. Manchmal saßen sie nur schweigend da. Von den drückenden Pflichten und der Hektik des Tages befreit, hingen sie unter dem schützenden gleichförmigen Schwarz des Nachthimmels ihren geheimen Gedanken und Träumen nach, die noch Stunden zuvor zur Seite geschoben werden mussten. Erst am Abend stießen sie sozusagen zu ihm, gerieten in seinen Lebenskreis, konnten mitreden und mittun. Auch Friedrich waren diese Stunden die liebsten, da er allein war und blieb, und sich doch im Gleichklang mit all jenen befand, die gleich ihm geschützt unter der schwarzen Glocke der Nacht saßen, sprachen und träumten.
In jenen frühen Sommertagen lernte er Tanja kennen. Er hatte begonnen, sich wieder in die Gemeinschaft einzufügen, besuchte nämlich vereinzelte Vorlesungen, die ihm interessant erschienen waren, und gesellte sich schließlich zu einer kleinen Gruppen von Mitstudenten, die sich gemeinsam um die Lösung gewisser Probleme bemühten, die im Rahmen einer

bestimmten Vorlesungsreihe entstanden waren. Sie trafen sich wöchentlich, meist bei einem der Gruppenmitglieder zuhause. Dort saßen sie dann reihum um den großen Küchentisch und zerbrachen sich die Köpfe über die Beantwortung der vom Dozenten in der zurückliegenden Woche in den Raum gestellten Fragen. Einer dieser Köpfe war Tanja. Sie war ihm zunächst nicht sonderlich aufgefallen. Nach einer Weile jedoch schien es Friedrich, als würde sie, auch wenn sie sich an alle wandte und keinen besonders auszeichnen wollte, doch nur ihn ansprach. Nach einem kurzen umfassenden Blick in die Runde, wobei sie den ganzen Kopf in die Bewegung mit einbezog, legte sie diesen auf die Seite, schlug die braunen Augen auf und wandte ihm erwartungsvoll ihr Gesicht zu. Die Stirn hatte sie aufmunternd und etwas schelmisch in Falten geworfen, den kleinen, fast puppenhaften Mund gespitzt und die schmalen länglichen Hände vor sich auf der Tischplatte übereinander gelegt. Auf Wangen und Stirn schimmerten kleine rötliche Flecken, die von der angeregten Geistesarbeit herrühren mussten, die bereits hinter ihr lag, ehe sie ihre Fragen an die anderen gerichtet hatte. Friedrich geriet in einige Verlegenheit, stammelte unbeholfen und bemühte sich, unter ihrem Blick wegzutauchen. Hier und da konnte er helfen und eine sinnvolle Antwort produzieren, meist aber nicht.

Zunächst sahen sie sich immer nur bei diesen wöchentlichen Treffen. Eines Tages jedoch rief sie an und wollte sich mit ihm auf einen Kaffee verabreden. Ihre Stimme zitterte, als koste es sie einige Überwindung, ihn darum zu bitten. Er sagte zu. Sie trafen sich in einem der modern aber gemütlich eingerichteten Cafés in der Innenstadt, wo sie auf einer langen schmalen Holzbank mehr nebeneinander als sich gegenüber saßen. Ihr Blick ging durch ein großes von der Decke bis zum Boden

reichendes Panoramafenster hinaus auf den zu dieser Tageszeit wenig belebten Marktplatz des Städtchens.
Einige ältere Frauen überquerten den Platz, in dessen Mitte ein bescheidenes Reiterdenkmal an die vergangene Größe der Stadt erinnerte, an die Zeit, in der es noch Könige und Kaiser gab. Ein kleines hier ansässiges Adelsgeschlecht war durch eine geschickt betriebene Heiratspolitik zu weltgeschichtlicher Bedeutung empor gestiegen, hatte sich in den herrschenden Geschlechtern ganz Europas eingeschlichen und festgesetzt. Nach dem großen Kladderadatsch war es freilich wieder in die Niederungen zurückgesunken, aus denen es einst gekommen war. Was blieb, war neben dem Denkmal ein kleines recht unansehnliches Stadtschloss und eine große Burg in der Höhe über der Stadt, die sich dadurch weiterhin an einem mäßigen Besucherstrom erfreuen konnte. Tanja trug an diesem Nachmittag elegante schwarze Hosen und eine rote mäßig ausgeschnittene Bluse. Auf der weißen von feinen bläulichen Adern durchbrochenen Haut über der Brust ruhte eine winzige silberne mit allerlei Verzierungen versehene Brosche, deren Inhalt ihm aber verborgen blieb. Das dichte braune und glänzende Haar, das sie zu einem Pferdeschwanz zusammengebunden hatte, lag straff am Kopf. Die Augenbrauen hatte sie leicht nachgezeichnet, die Wimpern wirkten ungewöhnlich lang und standen strahlenförmig von den Lidern ab, die feinen Linien des Mundes traten deutlicher als sonst hervor. Überhaupt war sie verändert. Bei den Treffen ihrer Gruppe war ihre Kleidung schlicht und praktisch gewesen, ihr Gesicht ungeschminkt, das Haar lag meist lose und etwas unordentlich auf den Schultern. Auch hatte sie ihn immer etwas spöttisch und wie von oben herab behandelt, als gehörte er eigentlich nicht dazu, als sei ihm durch die zuvor im

Müßiggang verbrachten Monate der Zugang zur Gruppe nicht oder nur unter gewissen Auflagen erlaubt, so dass er den Eindruck gewonnen hatte, sie könne ihn nicht besonders gut leiden. Sie sollte ihn an jenem Nachmittag Lügen strafen.

Im Gespräch mied sie fachliche Themen. Dennoch sprach sie viel und er hörte zu. Er erfuhr, dass sie in einer Stadt weit im Osten aufgewachsen war, unter recht bescheidenen Verhältnissen. Als Kind war sie viel allein gewesen. Ihre Mutter war erst spät am Abend von der Arbeit heimgekommen, erschöpft, ausgebrannt, leer. Die Nachmittage hatte sie in der kleinen Zweizimmerwohnung verbracht, einer von unzähligen in dem riesigen Mietshaus am Stadtrand. Der Vater hatte die beiden schon vor langer Zeit verlassen, Geschwister hatte sie keine. In der Schule war sie eine der besten gewesen, konzentriert, fleißig und geduldig, eine Musterschülerin, von den Lehrern geliebt, von den Mitschülern gehasst und gepeinigt. Von der Schule daheim, war sie viele Stunden an einem kleinen Tisch am Fenster gesessen, hatte ihre Hausaufgaben erledigt und auf die in der Ferne glutrot zwischen den steinernen Wohnklötzen untergehende Wintersonne geblickt.

Als sie nun davon sprach, stemmte sie den Ellbogen auf den Tisch und strich sich mit den Fingerspitzen sanft über die Stirn. Ihr Blick ging nach draußen, als suche sie wieder die untergehende Sonne. Einen Augenblick lang schloss sie die Augen, und er spürte, wie ihn eine warme Welle des Mitgefühls durchströmte. Er legte seine Hand auf ihre Schulter, die sie sogleich ergriff und sanft drückte. Mit abgewendetem Blick sprach sie weiter. Sie sprach davon, wie sie ihre Mutter nach der Schule verlassen hatte, weil sie studieren wollte. Sie hatte etwas werden wollen, hatte etwas Bedeutendes erreichen wollen. Deshalb wäre sie hier. Deshalb der große Eifer, die Disziplin, die Verbissenheit. Unbedingt müsste sie vorankommen, unbedingt sollte ihre Mutter stolz auf sie sein. Kleine Zornesfalten tauchten auf ihrer Stirn auf und verschwanden sogleich wieder. Sie entspannte sich und lächelte. Er erwiderte ihr Lächeln. Von sich selbst sprach er nicht.

In den darauf folgenden Wochen trafen sie sich immer wieder, meist in irgendwelchen Cafés, schließlich bei ihm. Damals wohnte Friedrich noch in einer kleinen Einzimmerwohnung mit integrierter Küchenzeile. Von einem winzigen Flur aus, in dem kaum zwei Personen nebeneinander stehend Platz fanden, gelangte man an der einen Seite in ein lichtloses mit dunkelbraunen Kacheln wenig vorteilhaft ausgekleidetes Bad, zur anderen Seite aber in einen relativ großen und hellen Raum, in dem sein Bett, ein kleiner Tisch, zwei Sessel, ein billiger Kleiderschrank und ein aus einfachen Brettern selbst zusammen gezimmertes Regal stand. Es gefiel ihr bei ihm. Mindestens zwei Mal in der Woche erklomm sie die über fünfzig Stufen zu ihm hinauf. Dort saßen sie dann, jeder in einem der Sessel, oder sie lagen quer und mit angezogenen Beinen auf dem Bett. Manchmal schwiegen sie, manchmal sahen sie fern. In ihrer Lerngruppe tat sie noch eine Weile so, als wäre er nichts Besonderes, als wäre er nur irgendein Studienkollege. Aber der Schein hielt nicht lange an. Sie wurden ein Paar. Nur ganz selten besuchte er sie in ihrer Wohngemeinschaft. Sie wollte es nicht. Der vielen Leute wegen, die einem unentwegt störten, die einem keine Ruhe ließen und die Entspannung überhaupt unmöglich machten. Er stimmte ihr zu.

Nach und nach stellte sie ihn ihren Freunden vor, darunter sich auch einige Landsleute von ihr befanden. Besonders einer von diesen schloss sich gerne an, wenn sie unterwegs waren. Friedrich duldete es und lauschte dann auf die umständliche Lautbildung und den verqueren Klang des östlichen Idioms, in das die beiden bisweilen versehentlich verfielen, selbst wenn er dabei war. Ihr Landsmann unterstrich dann die Bedeutung der kryptischen Silben, die seinem Mund entsprangen, mit eindringlichen Gesten, einem Rudern der Arme oder einer wegwerfenden Bewegung der Hände. Er war ungeheuer groß und dünn und trug bei jedem Wetter einen grauen ihm fast bis zu den Füßen reichenden abgetragenen Mantel, den er um seine hagere Gestalt gewunden hielt. Auch das Gesicht schien in die Länge gezogen, die Nase war spitz und schmal, die Wangenknochen hoch. Die Augen unter buschigen Brauen verbarg er unter einer eckigen Brille mit dicken schweren Gläsern, die jene bizarr vergrößerten und ihrem Besitzer einen unfreiwilligen komischen Gesichtsausdruck verliehen. Das leicht vorstehende Kinn war von einem zerzausten ungepflegten dünnen Bart umkränzt, der auch die breite Oberlippe zierte. Wenn er den Mund öffnete, sah man eine Reihe ungepflegter weit auseinander stehender gelber Zähne. Wenn er etwas wichtiges zu sagen hatte oder glaubte, sagen zu müssen, hob er den Kopf, den er sonst bisweilen nachlässig und mit zu Boden gehendem Blick auf der Brust ruhen ließ, etwas an, hielt die Rechte mit sanft gekrümmten Zeigefinger starr von sich, wie um Anlauf zu nehmen und seine Zuhörer um Ruhe zu bitten, und zog seinen Mund gänzlich in die Breite, wodurch die gelben Stummel zum Vorschein kamen. Die Augen hinter den Gläsern schienen noch größer zu werden und blickten eindringlich von einem zum anderen. Dann

dozierte er. Meist von philosophischen Dingen, von denen Friedrich nichts verstand und die ihm in gewisser Weise immer nutzlos erschienen waren. Er sprach sehr eindringlich und ausführlich von den Monaden des Leibniz, beseelten Punkten ohne materielle Ausdehnung, über deren interne Form und ihre äußere Hülle, streifte den transzendentalen Idealismus Schellings und gelangte schließlich zu den irrwitzigen und sinnleeren Worthülsen Hegels. Barer Unsinn sprudelte aus ihm heraus. Von der Materie, von der Wissenschaft, vom eigentlich Grundlegenden verstand er gar nichts. Er starrte in den Nachthimmel, wusste aber nicht, was Sterne sind. Der Aufbau des Erbguts war ihm ein Buch mit sieben Siegeln. Vor der Mathematik versagte er vollständig. Dennoch wollte er einem die Welt erklären. Anfangs noch beugte er sich bei seinen Ausführungen bisweilen zu Friedrich vor, legte seine Hand auf dessen Schulter, zog ihn ein Stück zu sich heran und blies ihm seinen faulen Atem ins Gesicht, während er auf ihn einredete. Bald aber unterließ er es. Friedrichs spöttisches Grinsen konnte ihm nicht gefallen. Auch Tanja gefiel es nicht. Aber sie musste es dulden, denn sie liebte Friedrich.
Friedrich begriff dies recht bald. Sie hatte im Übrigen Nachsicht mit ihrem Landsmann, fand seine Erläuterungen interessant oder gar bemerkenswert. Er fand den anderen überflüssig. Eine Weile ertrug er ihn. Dann mied er seine Gesellschaft und überließ ihn Tanja allein.
Sie und er zogen zusammen. In eine schmucke Zweizimmerwohnung am Stadtrand. Sie hatte darauf gedrängt, er willigte ein. Das Studium war inzwischen beendet und Arbeit in der Stadt gefunden. An Werktagen kam er meist nach ihr nach Haus. Wenn er die Wohnung betrat, kam sie ihm entgegen gerannt und umarmte ihn. Dann hielt sie sich eine

Weile fest, ehe er sich losreißen und seine Sachen ablegen konnte. Wenn er am Morgen aufstand, hatte sie den Tisch bereits gedeckt und ihm Kaffee eingeschenkt. Sie machte Pläne. Für das kommende, das nächste und das übernächste Jahr. Sie sprach viel von der Zukunft. Er niemals. Er blickte nur ein kleines Stück nach vorne, sie dagegen übersprang große Zeiträume, als wären es nur ein paar Stunden. Manchmal machte sie ihm Vorwürfe, schalt seine Trägheit und Gleichgültigkeit und weinte dann. Er saß dann neben ihr und tröstete sie, indem er ihre Wange streichelte und beschwichtigend auf sie einsprach. Das vertrieb manchmal die Tränen. Manchmal auch nicht.

Sie stritten nur selten, dann aber mit Inbrunst. Sie stritt voller Leidenschaft und Hingabe, er mit dem Willen, sie zu verletzten, sie zu demütigen, immer noch einen Schritt weiter zu gehen, auszuprobieren, wo die Grenze erreicht war. Er vermutet, es gab keine. War er aber für sein Empfinden weit genug gegangen, entschuldigte er sich, schalt sich einen Toren und Unwissenden und zeigte eine halbe und unaufrichtige Reue. Sie spürte es und es bereitete ihr Kummer. Sie zog sich in sich zurück und mied ihn eine Weile. Aber sie wollte nicht aufgeben. Mit immer neuen Anläufen bemühte sie sich, ihn aus der Reserve zu locken, ihn an sich zu ziehen und zu binden, fort von ihm selbst. Es misslang. Die Kämpfe, die sie mit ihm austragen wollte, trug er mit sich selbst aus. Er ließ sie nicht heran. Er konnte es nicht. Er blickte an ihr vorbei, blickte in Vergangenes und Nie Geschehenes, blickte in sich selbst. Er verstand nicht, was sie bewegte, was sie interessierte, was sie beschäftige. Es blieb ihm fremd. Es war kein Teil von ihm und sollte keiner werden. Er war abgeschlossen. Sie prallte ab. Dann wurde sie schwanger. Sie zierte sich eine Weile, druckste

herum, wollte nicht recht mit der Sprache heraus und sprach zunächst viel von der Zukunft, von Pflichten, von Verantwortung. Es strengte sie an. Mitten auf der Stirn trat eine kleine Ader hervor, die Fäuste hielt sie zeitweise geballt vor der Brust, ihre Augen füllten sich mit Tränen. Er verstand nicht und wollte nicht verstehen. Er fürchtete sich. Ihre Eröffnung machte ihn stumm. Voller Erwartung blickte sie zu ihm herüber, ein Lächeln umspielte einer Andeutung gleich ihre Lippen, sie hatte sich innerlich vorbereitet, sie hatte sich ihre Gedanken bereits gemacht, sie wusste, was zu tun war und hoffte, dass er das auch wüsste. Er wusste es nicht. Er wich aus, tat schockiert, tat freudig, tat angespannt, tat verunsichert. Er ahnte das Ungeheure und verstand es nicht. Sie hatte Geduld, sie wartete ab. Es blieb noch viel Zeit.
Aber die Monate vergingen. Noch immer stand Friedrich allem hilflos gegenüber. Sie beobachtete ihn im Stillen. Wenn er auf dem Sofa saß und las, schaute sie ihn von der Seite an und dachte nach. Die Lippen hatte sie aufeinander gepresst und leicht nach innen gewölbt, die Augen zu kleinen Schlitzen geformt und die Hände etwas unnatürlich zu beiden Seiten abgelegt. Friedrich spürte ihren prüfenden Blick. Er machte ihm Angst. Wenn er sie beschwichtigen wollte, legte er sein Ohr auf ihren angeschwollenen und prallen Bauch, tat als ob er lauschte und flüsterte dem Ungeborenen ein paar zärtliche Worte zu. Dann lächelte sie wieder.
Schon viele Wochen vor der Geburt wollte sie alles erledigt wissen, alles vorbereitet, als könne das Kind jeden Augenblick zur Welt kommen. Sie wurde gereizter. Sie stritten viel. Sie weinte. Sein Trost war ihr nicht willkommen, sie wusste, dass etwas nicht stimmte. Und er wusste es auch. Sein Sohn kam an einem Dienstag zur Welt, einen halben Monat zu früh. Er war

ein gesunder und kräftiger kleiner Junge. Er schrie nicht übermäßig und schon nach wenigen Wochen schlief er sechs Stunden am Stück. Sein Name war Jonathan. Er sah aus wie seine Mutter. Er hatte ihre Augen, ihre Nase, ihren Mund. Der kleine Jonathan. Ein stiller Junge. Als er sieben Monate alt war, verbrachte er viele Stunden mit dem Versuch, auf dem Rücken liegend mit seinen kleinen unbeholfenen Händen einen der klimpernden und klirrenden Gegenstände zu greifen, die über seinem Kopf an einer kleinen Stange befestigt waren. Hatte er einen gegriffen, zog er kräftig an der Schnur, die das Spielzeug mit der Stange verband, ließ aber bald los, um das nun heftig auf und ab schwingende Ding mit den Augen genauestens zu verfolgen. Er schrie vor Vergnügen, zog die Beine an und griff mit den Händen seine Füße, die er zu sich heranzog. Sein Gesicht strahlte.
Wenn Friedrich ihn packte und in die Luft warf, quietschte der Kleine vor Freude. Wenn er sich mit ihm beschäftigte, ihn etwa auf den Knien schaukelte und mit ihm scherzte, indem er mit meinem rechten Zeigefinger in Brusthöhe kitzelte, betrachtete ihn Tanja voller Wohlwollen und Zuversicht. Eine Spur Hoffnung erhellte ihre Miene, es schien, als ob sich ihre Spannung für einen Moment löste und sie aufatmen konnte. Mit zwölf Monaten tat Jonathan die ersten kleinen Schritte. Breitbeinig und unsicher wankte er vom Tisch zur Wand und von der Wand wieder zum Tisch zurück. Seine Mutter lobte ihn, wenn es ihm gelang. Friedrich tat es ihr gleich. Als Jonathan drei Jahre alt war, erzählte Friedrich ihm die Geschichte der Brüder Löwenherz und wie der junge Held, nach dem sie ihn benannt hatten, seinen kleinen Bruder Krümel vor dem Feuertod rettete und dabei selbst sein Leben verlor. Er erzählte Jonathan von Nangijala und dem Kirschblütental, in

das Krümel, der an einer schweren Krankheit gelitten hatte, seinem Bruder schließlich folgte. Dort mussten sie keinen Kummer und keinen Schmerz mehr erdulden. Er schilderte, wie sie gemeinsam fischend an einem kleinen Bach saßen, der das herrlichste kristallklare Nass mit sich führte und in dem die schmackhaftesten Forellen schwammen. Das frische Grün der Wiesen war vom blendenden Weiß der Kirschblüten wie von zahlreichen schweren in der Luft verharrenden Schneeflocken unterbrochen. Vom Dorf her drangen Laute der Ausgelassenheit herüber, ein Fest war im Gange. Hier wurde jeden Abend gefeiert. Und immer schien die Sonne. Keiner tat dem andern ein Leid. Sein Sohn fragte Friedrich, ob er auch mal einen kleinen Bruder haben würde. Friedrich sagte ihm vielleicht.
Nach und nach begriff Friedrich, dass irgendetwas fehlte, dass etwas an ihm vorbei ging: Sie waren keine Familie. Sie waren ein Mann, eine Frau und ein Kind. Der kleine Jonathan war ihm fremd. Als gehöre er nicht zu ihm. Wenn er ihn im Arm hielt, so hielt er ein Kind in den Armen, aber er fühlte nicht, dass es sein Kind war. Er ermahnte sich selbst, erhob innerlich den Zeigefinger, versuchte sich beständig einzureden, dass ihn mit Jonathan ein besonderes Band verbinden müsste, stärker als alle anderen Bindungen in meinem Leben. Vergebens. Er erschrak vor diesem Mangel. Er wurde seiner nicht Herr. Er machte ihn stumm, mitten in all dem Trubel machte er ihn stumm und ohnmächtig.
Vier Jahre lebten sie zusammen, ehe die Trennung kam. Vier lange Jahre, in denen sie sich immer wieder zusammengerauft hatten, ehe es schließlich nicht mehr möglich gewesen war und sich ein Ausweg eröffnete: Es war ihre eine Stelle in einer anderen Stadt angeboten worden. Sie ergriff die Gelegenheit.

Jonathan nahm sie mit. Er war ihr dankbar. Es befreite ihn von der Notwendigkeit irgendwelcher Maßnahmen. Ein letztes Mal standen sie in der bereits ausgeräumten Wohnung. Durch das große Fenster im Wohnzimmer sahen sie die Sonne untergehen. Sie schaute hinaus, wie sie bei ihrem ersten Treffen im Café hinausgeblickt hatte. Wieder ging ihre Hand zur Stirn und glitt dann über die Augen. Er trat neben sie und legte ihr den Arm um die Schulter. Sie nickte dankbar. Dann ging sie ohne ein weiteres Wort hinaus, an ihrer Hand der kleine Jonathan, der im Laufen und halb stolpernd noch zurückblickte, während ihn seine Mutter unaufhörlich vorwärts zog. In seinem kleinen Puppengesicht glaubte er für einen Augenblick die Gewissheit erkennen zu können, dass sein Vater ihn verlassen hatte. Er kniff seine großen braunen Augen zusammen und streckte ihm seine Rechte entgegen, die leicht auf und ab schwang. Verständnislos und traurig blickte er zu Friedrich zurück, der noch eine Weile dort blieb, auf den Balkon trat und zusah, wie die Sonne hinter dem Horizont verschwand. Es war ein später Herbsttag. Die eiskalte Luft ließ ihn erzittern. Tränen stiegen ihm in die Augen. Er hatte etwas verloren. Er sah Tanja niemals wieder. Und auch Jonathan nicht.

Die letzte Nacht verbrachte Friedrich weitgehend auf der rechten Seite, das Ziehen in der linken machte es ihm unmöglich, sich anders zu positionieren. Erschöpft betritt er das Klinikum und schreitet durch die Reihen der in Pyjamas und Bademänteln schmucklos gekleideten und auf unbequemen Stühlen und Bänken hockenden Kranken, begleitet von ihren meist pietätvoll schweigenden Angehörigen. Manche werden in altertümlichen Rollstühlen durch die Gänge gekarrt, eines

der Beine auf einer zusätzlich angebrachten Schiene lang ausgestreckt, wie ein Zeigestock, der die Richtung vorgibt. andere schieben tapsig ein großes metallisches Gebilde, einem Garderobenständer nicht unähnlich, auf Rollen durch die Gegend, wobei statt Kleidung
zahllose Plastikflaschen an dem Konstrukt befestigt sind, die ihren Inhalt durch allerlei dünne Schläuche an dem Betrachter verborgene Stellen am oder im Körper des Patienten leiten und diesen anscheinend bei Kräften halten. Hier und da trägt einer eine große Augenklappe. Viele schleppen sich auf Krücken an ihm vorbei. Seine frisch gewichsten Schuhe erzeugen ein quietschendes Geräusch auf dem merkwürdig dicken grünlichen Kunststoffboden, während er raschen Schrittes dem Laborbereich entgegeneilt, und kontrastieren etwas merkwürdig mit den schlurfenden und zögerlichen Schritten der Kranken. Überall folgen ihm die Blicke, als hätte eine frische Brise Frühlingswind die Köpfe herumgewirbelt.
Am Ende eines Ganges wird er fündig. Auf einer schweren Tür steht „Anmeldung“. Er tritt ein. Hinter einer Theke sitzt eine junge Frau, die seine Daten aufnimmt und sich dann wieder hinausschickt. Hier muss er warten. Er ist der einzige, was ihn positiv überrascht. Auch hier hängt dieser besondere Geruch in der Luft, an denen sich zahlreiche Erinnerungen knüpfen. Nicht die besten. Einmal war er als kleiner Junge in einem grenzenlosen Übermut, einem Übermut, zu dem man nur als kleines Kind fähig ist und der fast an Raserei grenzt, durch das Wohnzimmer seiner Eltern gehetzt, gestolpert und mit dem Hals auf die Tischkante gestürzt. Seine Luftröhre riss: die eingeatmete Luft erreichte nicht mehr die Lungen, sie glitt unter die Haut. Seine Augen schwollen zu, er konnte nicht mehr sehen. All die Aufregung, die ihn damals umgab und die

er selbst nur halb empfand, das Geschrei seiner Mutter, die beschwichtigenden Worte seines Vaters, der sich bemühte, die Fassung zu bewahren, was ihm aber kaum gelang, die geschäftige Eile, die alle erfasst hatte, all das tritt vor sein geistiges Auge. Er wurde mit einem Hubschrauber in die Kinderklinik gebracht, wo er dann zwei Wochen lag, in einem Raum mit vielen andern Kindern. Seine Luftröhre schloss sich von selbst wieder; aber dieses zweiwöchige Liegen, unter der hohen weißen Decke, auf die er unentwegt blickte, dieses Gefühl des grenzenlosen Verlassen Seins unter all den Kindern, deren Betten hier in ungeheurer Anzahl eines an das andere grenzte, die fast panische Angst, dass er hier für immer liegen müsse, all das grub sich tief in sich hinein.

Er erinnert sich an eine Großtante, die den Verstand verloren hatte, sich alle Zeit belauscht, verfolgt und schließlich bedroht fühlte und endlich in eine Anstalt verbracht wurde. Von Zeit zu Zeit wollte sie besucht sein. Er hasst diese Besuche, nicht ihretwegen, die meist abwesend vor sich hinstarrte, während ihre Nichte und ihre Schwester unentwegt beschwichtigend und in einem säuselnd harmlosen Ton auf sie einredeten, sondern des schier endlosen Ganges wegen, der von einer der vielen gläsernen Verbindungstüren zu ihrer Zimmertür ganz am Ende führte. An zahllosen anderen Zimmern musste man vorbei, deren Türen meist offen standen, so dass man hineinhorchen und manchmal auch hineinspähen konnte. Vor einem der Zimmer graute ihm. Schon von weitem erklang ein dumpfes lang anhaltendes Brüllen wie von einem Stier, so dass er sich vor Furcht die Ohren zuhielt. Das Brüllen setzte nach kurzen Momenten der Ruhe erneut ein. Es schien von keinem Menschen zu kommen. Lugte man an der Tür stehend hinein, starrten einem die vom Irrsinn weit aufgerissenen Augen einer jungen Frau entgegen. Fast immer saß sie mit ineinander verschlungenen Beinen am Fußende ihres Bettes und wippte mit dem Oberkörper vor und zurück. Der Mund war leicht geöffnet, die Zunge hing halb zur Seite heraus, etwas Speichel tropfte am Mundwinkel herunter. Das dicke schwarze Haar stand ihr ungekämmt vom Kopf ab. Sie schielte, was dem Ausdruck in ihrem Gesicht noch den letzten Rest Menschlichkeit nahm. Erblickte sie ihn, wie er sich an den Türrahmen klammernd in den Raum hinein vorbeugte, setzte das Brüllen wieder ein, wobei sie zusätzlich kräftig mit den Händen klatschte, deren Finger sie weit gespreizt hatte. Man erzählte sich, ein Reitpferd hätte sie an den Kopf getreten. Sie machte Friedrich Angst. Schon damals fragte er sich, was in ihr vorging. Ob das noch ein Mensch sei oder ein sich selbst kaum bewusstes Tier, vielleicht gar nur eine sinnfreie Maschine, die ein Programm abspulte, aber keinem weiteren Zweck genügte außer dem einen, zu existieren und die Kräfte der anderen zu binden, die stumm und hilflos daneben standen. Er mied den Weg an ihrem Zimmer vorbei. Näherte er sich der Stelle, drückte er sich an der ihrem Zimmer entgegen liegenden Wand entlang. Dem Brüllen freilich konnte er nicht entgehen, es ließ ihn zittern.

Friedrich wird aufgerufen und betritt den Raum gegenüber. Ein fast leeres Zimmer, das durch eine Unmenge von Lampen an der Decke in ein grelles Weiß getaucht ist. In der Ecke steht die Röhre, von der ein sanftes Brummen ausgeht. Aus der angrenzenden Kammer kommt ihm ein Arzt entgegen, ein kleiner dicker Mann mit Glatze und Nickelbrille. Er erklärt ihm die Funktionsweise des Apparats: Röntgenstrahlen werden von verschiedenen Richtungen durch den Körper geschickt und ermöglichen so eine dreidimensionale Sicht seines Brustraums.

Friedrich nickt verständig. Als er sich entkleidet, bemerke er, wie der Blick des Arztes etwas entsetzt an seiner linken Seite hängen bleibt, dessen Lächeln sogleich erstirbt. Die Entzündung an den Rändern ist zurückgegangen. Die Färbung der Ausbuchtung gleicht der der umgebenden Haut. Schmerzen verspürt Friedrich keine. Der Kleine bittet ihn, sich in die Röhre zu legen. Er gehorcht und hievt seinen Körper auf die Pritsche, die linke Seite himmelwärts gewandt. Die Unterlage wird sogleich eingezogen, er verschwindet in der Röhre. Er hört, wie sich sein Arzt wieder in die Kammer zurückzieht. Mehrere Minuten dauert der Vorgang. In kleinen Schritten wird er durch die Röhre gezogen, begleitet von dem ihm bereits bekannten Brummen und Klacken. Das Brummen erlischt schließlich, Friedrich wird ganz hinausgeschoben. Der Arzt erscheint. Er scheint zufrieden und lobt sich. Nachdem Friedrich sich wieder angekleidet hat, befördert der Arzt ihn hinaus und bittet ihn, ein paar Minuten zu warten. Noch immer ist Friedrich der einzige Patient auf dem Flur.
Er denkt an Jonathans Geburt. Auch da wartete er allein. Der Muttermund hatte sich geöffnet, zwei Wochen zu früh, er fuhr mit Jonathans Mutter ins Krankenhaus. Auf einer Liege in irgendeinem Vorzimmer platzte ihre Fruchtblase und entleerte ihr Inneres auf Unterlage und Fußboden. Er half wischen. Er versuchte, Tanja zu beruhigen, die unter den in immer kürzeren Abständen auftretenden Wehen litt. Wenn eine neue kam, schloss sie ihre Augen, stöhnte kurz auf und krampfte ihre Hand in die seine. Sie hatte Angst. Auch er hatte Angst. Die Wirklichkeit hatte ihn eingeholt. Jonathan war wirklich. So lange er in ihrem Bauch gewesen war, schien er ihm Teil einer fernen Zukunft zu sein, nicht Teil seiner Gegenwart, auch wenn er längst ein Teil von Tanjas Gegenwart geworden war.

Nun sollte das Kind kommen. Rastlos schritt er auf und ab, während sie auf der Bahre liegend auf den Arzt wartete. Er fürchtete die Ankunft des Kindes. Tanja wusste das. Aber doch flackerte die Hoffnung in ihren Augen. Als sie abgeholt wurde, schickte man ihn hinaus. Er wartete auf einem Gang wie diesem. Man ließ ihn allein, als ginge es ihn nichts an. Der Radiologe bittet ihn wieder hinein. Er steht mit ein paar Aufnahmen in der Hand inmitten des Zimmers und bittet Friedrich an eine der Wände. Sein Gesicht ist blass, seine Hände zittern, als helles Licht erstrahlt und er die Bilder unter die über dem Schirm entlang laufende Schiene klemmt. Friedrichs Augen gewöhnen sich nur langsam an das diffuse Durcheinander von weißen und schwarzen Flecken, das sich ihm auf dem Schirm darbietet. Nach und nach erkennt er den Brustkorb eines Mannes, die zarten weißen Linien der Rippen, das etwas dickere Brustbein, die fein geschwungenen Schlüsselbeine. Alles dreidimensional. Immer neue Bilder präsentiert der andere ihm, jedes aus einer anderen Perspektive aufgenommen. Auf allen aber dieselbe Trübung an der linken Seite. Neues Knochengewebe. Feine Linien sind erkennbar, die sich darüber ausbreiten. Blutgefäße, meint der Arzt. Er atmet stoßweise. Irritiert schielt er Friedrich von der Seite an, als hätte er es mit einem Ungeheuer zu tun, einer Monstrosität, die er mit beschwichtigenden Worten in Zaum halten muss, einem Raubtier, das schon zum Sprung angesetzt hat und dem man nur mit äußerster Vorsicht noch Einhalt gebieten kann. Friedrich merkt, der andere will weg. Er will es hinter sich bringen. Er erzählt ihm, dass etwas wächst, und weiß nicht, was wächst. Er müsse Kollegen hinzuziehen, mit ihnen den Befund durchsprechen. Friedrichs Fall sei bisher einzigartig. Er lächelt, als er das sagt, als wolle er Friedrich damit ein Lob aussprechen.

Friedrich bedankt sich und kehrt ihm den Rücken. Nur hinaus. Ihm ist etwas übel, als er auf die Straße tritt. Seinen Mantel über dem Jackett hält er eng an sich gedrückt, die Seite schmerzt ein wenig. Mit dem Stadtbus fährt er heim. Friedrich mag Busfahren nicht. Es verstärkt seine Übelkeit. Zu allem Überfluss ist der Bus voll besetzt, so dass er stehen muss. Er klammert sich an eine der Stangen. Bei jeder Kurve droht er das Gleichgewicht zu verlieren. Kalter Schweiß rinnt ihm über Stirn und Wangen. Etwas wächst. Ein junges Mädchen sitzt schräg unter ihm. Sie hat Kopfhörer in den Ohren und hört Musik. Sie ist stark geschminkt, kaut lautstark auf einem Kaugummi und trägt ein viel zu enges pinkfarbenes Oberteil, das einen gewaltigen Busen bedeckt, ihren nicht minder gewaltigen Bauch aber frei lässt, der sich in Form einer einzelnen großen Rolle nach außen wölbt. Etwas wölbt sich. Ihr dichtes blondes Haar steht wie erstarrt von ihrem Kopf ab. Ein süßlicher und viel zu intensiver Duft steigt von unten herauf, dem Geruch des Kaugummis in ihrem Mund wahrscheinlich nicht unähnlich. Aus den Kopfhörern dröhnt gedämpft ein immer wiederkehrendes Stampfen, dazwischen Geschrei und rasend schnelle Gitarrenläufe, einem hohen Quietschen gleich. Sie muss beinahe taub sein, denkt Friedrich. Dennoch verrät ihre Miene nichts. Sie blättert gelangweilt in irgendeiner Mädchenzeitschrift mit vielen Bildern und wenig Text. Er berührt sie an der Schulter. Sie schaut hoch und entfernt einen der beiden Kopfhörer. Ihr Blick ist spöttisch. Er bittet sie, die Musik etwas leiser zu stellen. Es kostet ihn Mühe, die Fassung zu wahren. Seine linke Seite brennt, während etwas wächst. Das Mädchen zuckt nur mit der Schulter und wendet sich wieder ihrer Zeitschrift zu. Der Lärm dringt in unverminderter Stärke aus ihren Kopfhörern. Er muss die Zähne aufeinander beißen, um an sich zu halten. Er starrt auf die wabernde Masse zwischen Hosenbund und Oberteil. Eine weiche fast rundherum heraustretende Auswölbung, die unter der Kleidung keinen Platz mehr gefunden hatte. Die sich in den Weg ins Freie bahnt. Die nicht länger still hält. Die auffällt. Die man nicht verbergen kann. Er drücke den linken Arm gegen die Seite, ein wilder Schmerz durchfährt ihn. Für einen Moment wird ihm schwarz vor den Augen. Er muss hinaus. An der nächsten Haltestelle bahnt er sich seinen Weg durch die Menge und springt heraus.

Die frische Luft in den Lungen tut gut. Er erholt sich. Den Rest der Strecke will er zu Fuß gehen. Es dämmert schon. Die Wege sind mit rotem und goldenem Laub bedeckt. An kaum einem Ast hängt noch ein Blatt. Der Winter naht. Schon fallen die ersten zarten Flocken aus dem trüben Grau des Himmels herab. Er streckt die Hand aus. Eines der hauchdünnen Kristalle bleibt auf seiner Handfläche liegen, verweilt kurz und verschwindet wieder. Immer dichter fallen sie nun herab und bilden sogleich einen feinen weißen Film auf Wiesen und Wegen. Ganz still ist es um ihn geworden. Für einen Augenblick scheint das unstete Treiben der Welt zum Erliegen gekommen zu sein. Alle halten inne.
Er erinnert sich an die Winter seiner Kindheit, in denen Straßen und Plätze wochenlang von einer dicken Schneeschicht eingehüllt dalagen. Eines Morgens hatte es zu schneien begonnen, ruhig und gleichmäßig. Den ganzen Tag war es so gegangen, immer höher hatten sich die Kristalle gestapelt, der Himmel blieb hinter einer trüben Dunstglocke verborgen. Bald

war die Welt wie verwandelt, riesige Tannen stöhnten unter der Last ihren weißen Decke, vom Asphalt der Straßen war kein Deut mehr zu sehen, an den Dachrinnen hingen meterlange Eiszapfen, die es herunterzuschießen galt, sanft abfallende Wiesen luden zur Rodelfahrt ein. Die Dorfjugend traf sich. Schnell hatte man das pulvrig trockene Weiß zu einer festen glatten Rutschbahn zusammengepresst, auf der die Holzschlitten und auch die Kunststoffgeräte mit großer Geschwindigkeit hinuntersausten. Geduldig zog man sie wieder hinauf und rutschte erneut darauf hinab. Kleine Schanzen wurden gebaut, die einen weit in die Luft hoben und so den Spaß noch vergrößerten. Aus dem weißen Zauber wurden durch wiederholtes gleichmäßiges Andrücken harte runde Bälle geformt, die man dem Gegner an Beine und Brust, im besten Fall aber an den Kopf warf. Die Rutschgeräte dienten als Schutz vor den heransausenden Wurfgeschossen des Gegners, wobei sich hier die Kunststoffschlitten als brauchbarer erwiesen als die viel zu schweren Holzfahrzeuge.
Schnell waren seine Finger klamm, die Füße kalt. Der Magen knurrte. Aber er harrte aus. Erst als es zu dunkeln begann, ging er heim. Mit glühenden Wangen und pochenden Fingern saß er dann in der Stube vor einem heißen Teller Suppe, der sich von innen wärmte.
Wenn es in der Nacht wieder zu schneien begonnen hatte, schlich er sich bisweilen hinaus und schritt auf dem frisch gefallenen Nass einher, das unter seinen Stiefeln so wunderbar knirschte, als wäre es kein verwandelter Regen, sondern etwas ganz Eigenes und Neues, so wenig hatte es mit dem patschenden und flüchtigen Geräusch gemein, das entstand, wenn er, die Füße in Gummistiefeln, in eine Pfütze sprang. Es war ein Knirschen, das ihm das Wasser im Munde

zusammenlaufen ließ, als stünde er vor der herrlichsten Speise. Um ihn herum glitzerte und funkelte es, als wäre er in eine fantastische Zauberwelt entrückt, grundsätzlich verschieden vom gewöhnlichen lärmenden Diesseits. Die Stille war vollkommen. Es war die Stille des sternenleeren Weltraums, nämlich das Fehlen jeglichen Geräuschs, das vollkommene Nichts und so ganz anders als das lauernde Schweigen in seinem Schlafzimmer, wenn er liegt und wartet, und das wie die Anhäufung zahlloser Stimmen, Klänge, Töne ist, die sich gegenseitig aufheben, aber nicht vollständig, sondern sich zu einem dumpfen Drücken und Schieben türmen.
Ein Auto fährt hupend an ihm vorüber und holt ihn zurück. Er schwankt. Sein Gewicht bringt den feuchten Schnee unter seinen Schuhen zum Schmelzen, so dass er auf einem schmierigen Film entlang rutscht und nur wenig Halt findet. Das sanfte Hernieder Sinken der Flocken hat sich in einen feinen Nieselregen verwandelt, der das saubere Weiß wieder aus der Welt wäscht. Er friert plötzlich. Dennoch ist ihm heiß. Er fühlt, wie warmes Salzwasser aus den Poren am Nacken tritt und unter das Hemd läuft. Er fühlt sich schwach auf den Beinen und fürchte, nicht weitergehen zu können. Er winkt nach einem Taxi. Als der Wagen hält, lässt er sich auf die Rückbank fallen und nennt dem Fahrer seine Adresse. Schon nach wenigen Minuten sind sie da. Er schleppt sich die Stufen hinauf. Schwindel setzt ein. Ihm wird übel. Er stürze auf die Toilette und entleert seinen Mageninhalt in die Schüssel. Erschöpft, den Mantel noch um sich gewickelt, hockt er auf dem Badezimmerboden neben der Toilette, die er umklammert hält, seine Stirn presst er gegen die kühlende Brille. Wieder krampft sich sein Magen zusammen und drückt den nur noch

dürftigen Inhalt die Speiseröhre hinauf. Die Säure brennt im Hals. Was er ausspuckt, ist kaum der Rede wert.

Auch dieses Mal will sich der Fremde nicht verscheuchen lassen. Friedrich beschimpft ihn laut, droht mit den Fäusten, wirft sogar mit Steinen nach ihm. Dessen Gleichmut tut es keinen Abbruch. Beherzten Schrittes tritt er an Friedrich heran und umklammert ihn wie selbstverständlich mit seinen langen Armen. Der süßliche Geruch wie von einer überreifen Frucht ist stärker denn je und raubt Friedrich den Atem. Die großen behaarten Hände hat er vor seiner Brust ineinander gefaltet und drückt damit auf Friedrichs Brustbein. Der Schmerz macht ihn reglos. Er ist ein wenig größer als Friedrich. Seine Knie reiben an der Rückseite von Friedrichs Oberschenkel, die steinharten Muskeln seiner Brüste bohren sich gehen seine Schulterblätter. Wieder beugt sich der andere zur linken Seite, schiebt jedoch dieses Mal seinen Kopf an seiner Schulter vorbei nach vorne. Seine Umklammerung löst sich nicht. Friedrich sieht ihn in den Augenwinkeln auftauchen. Immer weiter biegt er seinen Oberkörper nach vorne, sein Blick ist zunächst von Friedrich abgewandt und in die Ferne gerichtet. Sein Schädel ist so kahl wie Friedrichs. Wie in Zeitlupe dreht er sein Haupt im Uhrzeigersinn zu Friedrich herum. Dieser zittert. Ein sanftes Lächeln umspielt die Lippen des anderen, der Friedrich nicht fremd ist. Aber Friedrich nimmt ihn nur verschwommen wahr, so sehr er sich auch trotz seiner Angst bemüht, den anderen genau anzuschauen. Jetzt löst sich die linke Hand des Fremden von ihrem rechten Pendant, ohne dass sich der Druck auf Friedrichs Brustkorb vermindert. Sie wandert unter dem Hemd quer über Friedrichs Rippen nach außen, die Innenseite angehoben, so dass

Friedrich nur noch die Fingerspitzen berühren, die den Weg über die Rippenkämme hinab in die Täler der dazwischen gespannten dünnen Haut und wieder hinauf mit ungeheurer Genauigkeit beschreiten. Unterhalb von Friedrichs Achsel gleiten die Spitzen nach unten, wobei sich der Druck und die damit einhergehenden Schmerzen verstärken. Für einen Moment kommt die Hand des Angreifers zur Ruhe, dann bewegt sie sich nach innen, als wolle der Fremde Friedrichs Herz fassen. Die Haut an seiner Seite reißt kreisrund um die bohrende Hand herum ein, während der andere seine Fingerspitzen in die Vertiefungen zwischen den Rippen bohrt und die nun nachgebende Epidermis in die Lücken schiebt, ehe Friedrich eine plötzliche Vereisung an der Seite verrät, dass einer der langen Finger etwas in seinem Innerem zerrissen hat.

Die Nacht ist vorüber. Die Sonne scheint in Friedrichs Schlafzimmer. Der Fremde ist gegangen. Noch schlaftrunken torkelt Friedrich ins Bad, wo er sich im Spiegel betrachtet. Die knöcherne Beule hat weiter an Umfang zugenommen, überdeutlich zeichnet sie sich unter seinem T-Shirt ab, wie der zur Seite und ein Stück nach oben verschobene Bauch einer schwangeren Frau. Vorsichtig greift er mit den Händen den unteren Rand seiner Oberbekleidung und hebt sie an. Die Rötung ist vollständig verschwunden, die Haut auf der Beule gleicht der umgebenden, ist aber an mehreren Stellen von winzigen dicht beieinander stehenden Härchen bedeckt, an den Rändern mehr als in der Mitte, die fast glatt ist. Mit seiner Rechten befühlt er die kleinen Unebenheiten auf der Oberfläche der Halbkugel. Ganz am Rande, wo sie aus seiner Seite auftaucht, zeichnen sich auf der Oberseite feine, sanft geschwungene und wenige Zentimeter lange haarige Linien ab, die sich nach außen hin ausdünnen. Darüber ist die Haut von kleinen Falten zerfurcht. An der bauch- und rückwärts gerichteten Seite des Gebildes treten zusätzliche knorpelartige Strukturen hervor, wie kleine Bögen mit nach außen umgeklapptem Rand.

Er deckt die Missbildung wieder zu und zieht sich an. Zuletzt schnappt er sich seinen Mantel und legt ihn sorgfältig an, so dass auch das nun vergrößerte Unding nicht mehr zu sehen ist, zumindest wenn er den linken Oberarm darauf stützt, den Unterarm anwinkelt und seine Hand auf den Bauch presst. So geschützt verlässt er die Wohnung. Eine Weile zieht er ziellos durch die sonnendurchfluteten Straßen. Es ist wieder wärmer geworden. Zahlreiche Passanten queren seinen Weg. Es sind Ferien, und viele kleine und große Kinder vertreiben sich die freie Zeit auf den Plätzen und im Park. Dort setzt er sich auf eine Bank und beobachte die Kleinen beim Spiel. Auch mit Jonathan war er früher hier gewesen. Er erinnert sich daran, wie er ihn von der Ferne betrachtete, während er im Gras saß und irgendeinen Gegenstand in den Händen hielt, den er staunend untersuchte. Seine Unterlippe hing dann leicht herab und entblößte die wenigen weit auseinander stehenden Zähne, die kleine Falte auf seiner Stirn verriet seine Anstrengung. Wenn er zu ihm herübersah, strahlte sein Gesicht. Manchmal kam er angerannt und wollte umarmt werden. Dann griff er ihn in vollem Lauf und wirbelte ihn über ihm in der Luft herum, wie er es schon getan hatte, als er kaum ein Jahr alt gewesen war. Noch immer schrie der Kleine dann vor Vergnügen. Es kam vor, dass er sich neben Friedrich auf die Bank setzte und seinen Kopf in seinen Schoß legte. Er hätte ihn so lieb, meinte er dann. Friedrich legte seine Hand auf den Haarschopf seines Kindes und ließ sie darauf ruhen. Wenn sie nach Hause gehen wollten, ermahnte er ihn, mit seinem Spiel innezuhalten. Noch ein bisschen, Papa, sagte er. Mami wartet aber schon. Gleich, Papa. Du kannst ja morgen weiterspielen. Ja, Papa, ich komme schon.

An manchen Abenden brachte er Jonathan zu Bett. Dieser wollte nicht schlafen und bat ihn meist, ihm noch eine Geschichte vorzulesen oder ein Lied zu singen. Er setzte sich zu ihm ans Bettende und strich die Decke glatt, die der Kleine sich bis unter die Nase gezogen hatte. Seine warme Kinderhand lag sanft in Friedrichs linker, und seine Finger kreisten auf dem Daumenballen umher, während er Friedrich gebannt lauschte. Dieser sang La, le, lu. Jonathans dünne Kinderstimme griff manche der wiederkehrenden Worte auf, so dass er einige Stellen leise mitsang. Das „O“ in Mond sang er etwas brüchig und zog es derart in die Länge, dass er danach zumeist den Faden verlor und verstummte. Kehrten die drei Silben am Anfang wieder, setzte er erneut ein. Wenn er geendet hatte, musste Friedrich wieder von vorne beginnen. So ging es vier- oder fünfmal. Auf Friedrichs Ermahnung hin, dass nun Schlafenszeit war, ergriff er oft auch mit der anderen Hand die Linke seines Vaters, zog sich daran hoch und schlang seine Arme um Friedrichs Oberkörper. Er meinte, Friedrich solle bei ihm bleiben und weiter singen. Immer weiter singen. Manchmal tat er so. Dann ließ Jonathan los und fiel in die Kissen zurück. Seine Hand aber ruhte weiterhin in der seines Vaters. Friedrich sang also. Nach einer Weile wurden die sanften Bewegungen der Finger in seiner halb geschlossenen Hand langsamer und hörten schließlich ganz auf. Jonathans Atem ging langsam und gleichmäßig, die Lider der Augen ruhten immer länger auf den Augäpfeln, ehe sie sich schwerfällig wieder hoben. Sein Blick wurde glasig und starr und brach schließlich. Zuletzt hatte er die ihm gefällige Melodie nur noch vor sich hin gesummt. La, le, lu. Nur der Mann im Mond schaut zu. Nachdem Jonathan eingeschlafen war, nahm Friedrich seine winzige Hand und schob sie unter die Decke. Vorsichtig strich er über seine Wange und gab ihm einen Kuss auf die Stirn. La, le, lu.

Wenn er am Morgen schon sehr früh erwachte, schlich sich Jonathan in Friedrichs Schlafzimmer und drängte sich zwischen Tanja und ihm ins Bett. Bald schlief er wieder ein, Friedrich aber lag wach. Er schmiegte seinen Kopf an Jonathans Rücken und lauschte dem flachen Kinderatem. Wie zierlich sein Sohn war, wie zerbrechlich. Man musste für ihn da sein, ihn trösten, wenn er traurig war, mit ihm lachen, wenn er glücklich war. Man musste ihn beschützen. Wenn Tanja und er stritten, fielen die bösen Worte wie Senkbleie in seinen Tiefen und verharrten dort. Er wollte Einspruch erheben, hob die Stimme zögerlich an, brachte aber kaum ein Wort heraus, bettelte und wimmerte stattdessen. Bitte nicht. Seid wieder lieb. Seid wieder lieb zueinander.

Der namenlose Schmerz in seinen in Tränen schwimmenden Augen war einem stummen Vorwurf gleich und machte Friedrich wahnsinnig. Wenn der Junge das Geschrei und die Beschimpfungen nicht mehr ertragen konnte, kauerte er sich in eine Ecke, die Arme vor die Brust gezogen, die Unterarme parallel, die Hände vor der kleinen Kinderstirn zu Fäusten geballt, mit dem Oberkörper vor und zurück wippend. Er machte Friedrich Angst. Als hätte er ihn für sein Leben verdorben. Es entfremdete Friedrich von seinem Kind. Er wollte sich nicht verantworten müssen. Die Kämpfe, die er mit Tanja ausfocht, wurden ihm endlich bitterer Genuss, Feste der Ausgelassenheit, mit grimmiger Miene ausgekostete

Höhepunkte der Verantwortungslosigkeit und des Sich Gehen Lassens, atavistische Rückverwandlungen in ein tobendes Kind. Er hielt nicht mehr an sich, hielt nichts zurück. Koste, es was es wolle. Es kostete viel.

Weil es zu regnen beginnt, flüchtet sich Friedrich durch schwer beschlagene Eingangstore in ein nahe gelegenes Gotteshaus. Über einen durch einen kleinen dunkelroten und muffigen Vorhang abgetrennten Vorraum gelangt er in das Hauptschiff, das von dem kühlen und würzigen Duft erfüllt ist, der einem in jeder Kirche begegnet und den Besucher sogleich in eine düstere, ferne und Ehrfurcht erhaschende Vergangenheit versetzt, die die gedankenlos laute und fröhliche Stimme der Straße zu einem bedächtigen und demütigen Flüstern ersterben lässt.
Er gerät mitten hinein in einen nur mäßig besuchten Gottesdienst. Hier und da sieht er graue oder weiße Haarschöpfe, deren Besitzer sich vereinzelt nach ihm umdrehen, um sich kopfschüttelnd nach dem Grund der Störung ihrer Andacht zu erkundigen. In der Ferne, hinter dem Altar, steht ein Priester im Ornat. Er ist klein, dick und trägt die Tonsur eines Mönches, wohl eher unfreiwillig. Sein Gesicht, das immer deutlicher wird, je näher Friedrich tritt, wirkt merkwürdig eingedrückt, als wäre er mit seinem Kopf in eine Presse geraten. Unter eng stehenden, mürrisch blickenden Augen drängen sich eine kleine Nase, schmale blutleere Lippen und ein nach oben gebogenes Kinn, das zur Stirn zu streben scheint, als hätte die Presse zu weit vorne angesetzt und daher die verschieden Teile des Gesicht ineinander geschoben. Seine Stimme ist hoch, knarzig und unangenehm. Seine Gestalt erinnert Friedrich an den Priester seiner Jugend, bei dem er

bisweilen die Beichte ablegte. Er trat dazu in einen dämmerigen zweigeteilten Holzverschlag, in dessen einen Teil der Geistliche bereits Platz genommen hatte und den Delinquenten empfing. Beide Teile waren durch ein nur unzureichend durchbrochenes Holzgitter getrennt, so dass er die Präsenz seines Beichtvaters auf der anderen Seite nur erahnen konnte. Er hatte eine Liste all seiner Untaten vorbereitet, die er seit dem letzten Gang in den Beichtstuhl verbrochen hatte, und las ihm diese nun vor. Punkt für Punkt und mit Nummern versehen. Nachdem er geendet hatte, vergingen ein paar Sekunden, ehe ihm der Gottesmann in der Nachbarkabine flüsternd die Vergebung des Herrn kundtat. Er bediente sich dabei immer derselben Zeilen, deren Wortlaut Friedrich aber längst vergessen hatte. Lediglich die Höhe des Strafmaßes variierte und erstreckte sich von einigen wenigen Ave Maria oder Vater unser bis hin zu deren zehn oder fünfzehn, die man unmittelbar nach Verlassen des Holzverschlags leise vor sich hin flüstern musste, demütig auf seinen Knien ruhend, den Kopf in den Händen verborgen. Danach war man rein gewaschen und konnte wieder los sündigen, was Friedrich dann auch eifrig tat, ungeachtet aller guten Vorsätze, die er unmittelbar nach der Loslösung von seinen Sünden getroffen hatte. Er log also wieder, war ungehorsam und frech. Es war schön, dass er sich darauf verlassen konnte, für seine Missetaten nie zur Rechenschaft gezogen werden zu können. Gott vergab alles. Dennoch war er auch zerknirscht und wütend auf sich selbst, wenn er sich hatte gehen lassen. So grenzte er einen Teil seines Inneren ab, unterlegte diesen mit einer väterlich mahnenden Stimme und nannte es Gott. So konnte Gott ihm vergeben, wenn er gesündigt hatte.

Friedrich stellt sich vor, er wüsste nichts vom Glauben und sähe den ganzen Vorgang zum ersten Mal, nüchtern und unvoreingenommen:
Der Priester vorne hebt eine dünne, bräunliche Teigplatte vor sich in die Höhe, wobei er die Hostie mit der Rechten hält und diese wiederum mit der Linken halb stützt. Dabei beschwört er den Leib seines vor zweitausend Jahren gefolterten und zu Tode gebrachten Herrn. Diese Prozedur wiederholt er mit einem goldenen Kelch, der auf dem Altar steht und mit einem weißen Tuch bedeckt ist. Er entfernt das Tuch, greift das Gefäß auch hier mit der Rechten und präsentiert es der staunenden Menge. Den Inhalt des Kelches vergleicht er mit dem im Todeskampf vergossenen göttlichen Blut, das nur des Heils der Menschen wegen vergossen worden war, wobei der Priester der Menge verschweigt, welche Zusammenhänge hier genau bestehen sollen. Sein während der Präsentation der für Leib und Blut stehenden Gegenstände vorgebrachtes Gemurmel beantwortet die Gemeinde ihrerseits mit einem dumpfen Brummen. Danach treten die Gläubigen einzeln nach vorne und empfangen von ihrem Priester das dünne Teigplättchen, das er in ihre hohlen in Brusthöhe ausgestreckten Hände legt, nachdem er es zunächst wieder unter mahnenden Worten in Richtung Himmel erhoben hat. Die Empfangenden murmeln einige Dankesworte. Den Wein im Kelch trinkt der Geistliche allein. Seine Zunge beschreibt auf der Oberlippe einen Halbkreis, ehe er das Gefäß wieder absetzt und mit dem weißen Tuch innen und außen reinigt.
Dann dreht er der Menge den Rücken zu, die sich wieder an ihren Platz begibt. Viele der vom Empfang der Hostie Beseligten knien jetzt in den Bänken und beten. Manche wippen mit dem Oberkörper, wie in heiliger Verzückung.

Friedrich steht weiterhin im Hintergrund und beobachtet die absurde Szenerie. Er erinnert sich an den Besuch eines Gottesdienstes zur Weihnachtszeit vor einigen Jahren. Die Kirche war gut besucht, kaum ein Platz blieb frei. Zahlreiche Familien mit Kindern waren erschienen. Manche hatten sich nicht gescheut,
auch ihre Kleinsten mitzubringen, die freilich kaum eine Minute still zu halten imstande waren, so dass der Gottesdienst immer wieder von dem Geschrei und Geheule der kindlichen Besucher unterbrochen wurde. Der Priester schien zufrieden ob des Andrangs. Er war ein noch junger Mann von vielleicht dreißig Jahren. In seiner Predigt sprach er viel vom Geist der Weihnacht, von Frieden und Versöhnung. Er erzählte eindringlich von der Geburt seines fleischgewordenen Gottes irgendwo im Nahen Osten, wobei er seine Zuhörer im unklaren ließ, wie sich diese Fleischwerdung denn mit dem Göttlichen vertrage und ob sie diese nicht ad absurdum führe. Bisweilen beschwor er den Heiligen Geist, dessen Natur jedoch gänzlich im Dunkeln bleiben musste. Für eine Aufklärung blieb keine Zeit. Die andächtig lauschende Zuhörerschaft schien diese wohl ohnehin nicht zu benötigen, denn auch sie bemühte in ihrer Replik auf die immer wieder kehrenden Beschwörungen des Priesters den Heiligen Geist. Dieser musste etwas eigenes sein, neben Gott und dessen Sohn, aber doch auch eins mit diesen. Wie das unter einen Hut gehen konnte, blieb offen. Vielmehr bediente sich der Priester einfacher Bilder und Gleichnisse, um der Menge die Botschaft seines Gottes zu vermitteln. Immer wieder kam er auf den Sohn seines Gottes zurück, den dieser zu den Menschen gesandt hatte, um ihnen den rechten Weg zu zeigen. Jener war mit einigen Gleichgesinnten predigend in der Wüste umhergezogen und

hatte die Ankunft seines Vaters verkündet. Um seinen Worten mehr Nachdruck zu verleihen, hatte er zahlreiche Wunder bewirkt, Lahme gehend, Blinde sehend gemacht und sogar Tote wieder ins Leben gebracht. Das war vor zweitausend Jahren geschehen und seither nicht wieder vorgekommen. So geht zumindest die Legende, die in einem heiligen Buch festgehalten wurde, welches jedoch erst lange nach dem Tode des großen Verkünders verfasst worden war. Dennoch schien es mit diesem Buch, das auch einen älteren viele hundert Jahre zuvor verfassten Teil enthielt, der von der Erschaffung der Welt berichtete, eine besondere Bewandtnis zu haben. Der Priester trug es während des Gottesdienstes mal hierhin, mal dorthin und behandelte es überhaupt mit besonderer Sorgfalt. Es wurde sogar Teil ritueller Handlungen, die der Priester an ihm verübte. Einer seiner Gehilfen, ein Kind noch, reichte ihm ein silbernes Gefäß, das an einer langen Kette befestigt war und aus dem weißer Rauch entwich, besonders wenn das Behältnis hin und her geschwenkt wurde. So tat nun der Priester. Er hob das Gefäß, das sich sonst in Bodennähe befand, über das vor ihm aufgeschlagene Buch und ließ es darüber kreisen. Dazu sprach er irgendwelche Formeln, die er halb singend vortrug. Auch für dieses Vorgehen, den sinnentleerten Riten der Wilden gleich, verlangte die Menge der Gläubigen keine Erklärung, sondern nahm sie wortlos oder sogar wohlwollend zur Kenntnis. Das bizarre Schauspiel nahm kein Ende. Kleine Glocken, die die Gehilfen in den Händen hielten, wurden geläutet, einmal, manchmal auch zweimal, abhängig von den Worten des Priesters, die dem Geläut vorangegangen waren.

Friedrich hält es schließlich nicht mehr aus und verlässt die Kirche, nicht ohne ein banges Gefühl. Draußen steht die Sonne hoch am Himmel. In der Halbkugel an seiner linken Seite pocht es. Er muss wieder heim. Er muss sich verstecken. Er hetzt über den von Gemüseständen belagerten Marktplatz, am Brunnen vorbei dem Rand des offenen Platzes zu. Plötzlich erblicke er den alten Mann mit dem Cordhut wieder, dem er vor einigen Tagen bereits begegnet war. Dieser sitzt auf einer Bank, auf die Friedrich nun zueilt. Seinen Hut hat er neben sich abgelegt, gerade wischt er sich mit einem großen blauen Taschentuch die Stirn. Er scheint auf ihn gewartet zu haben, denn auf einmal winkt er herüber, indem er mit der Rechten eine einladende Bewegung in der Luft beschreibt. Friedrich gehorcht widerwillig und schreitet auf den Alten zu. Er ist erfreut, erhebt sich von seinem Platz und reicht Friedrich die Hand, die dieser sogleich ergreift. Der Alte lächelt ihn an. In seinem großen Mund schieben sich ungebührlich viele, breite und sehr weiße Zähne in- und übereinander, als würden sie um das eigentlich recht großzügige Platzangebot konkurrieren. Überhaupt scheint er den Mund nicht mehr schließen zu können, unentwegt steht er geöffnet unter der wuchtigen hakenförmigen Nase, die sich auf die glatt rasierte Oberlippe legt. Zwischen seinen Zähnen spritzt der Speichel hervor, während er spricht. Immer wieder muss er ihn hinunterschlucken, wenn ihm zu viel davon im Mundraum zusammenfließt. Seine Augen sind klein und blicken freundlich, während er Friedrich zu sich auf die Bank hinabzieht. Er kenne ihn, meint er zu Friedrich. Von früher. Ein alter Bekannter seiner Eltern. Friedrich würde sich wohl kaum an ihn erinnern. Er habe nicht gewusst, dass es ihn zufällig in die gleiche Gegend verschlagen habe. Auch habe es ihn einige

Mühe gekostet, sich daran zu erinnern, um wen es sich handele, der ihm da vor einigen Tagen über den Weg gelaufen war. Auch sei Friedrich wohl sehr in Eile gewesen. Heute nun habe er Friedrich von der Ferne erblickt und sei ihm nachgegangen. Als dieser in die Kirche gegangen sei, habe er beschlossen, hier draußen auf ihn zu warten. Zu seinem Glück habe Friedrich beschlossen, den Platz auf dieser Seite zu verlassen und sei ihm also praktisch in die Arme gelaufen. Er hält inne und schluckt hinunter, was sich in seiner Mundhöhle hinter den quaderförmigen Kauwerkzeugen angesammelt hat. Friedrich erinnert sich. Hinter seiner Stirn taucht ein Bild auf, verschwommen und bruchstückhaft. Er sieht denselben Mann vor beinahe dreißig Jahren, jünger und doch ganz derselbe. Sein nun schütteres graues Haar ist schwarz, lichtet sich aber bereits an den Schläfen und in der Mitte des Kopfes. Die kleinen roten Äderchen auf den Wange fehlen noch, aber die riesige Nase auf glatter Oberlippe ist ihm vertraut, ebenso das fliehende Kinn wie die dicht gedrängten Blöcke in seinen Kiefern. Er war ein Freund von Friedrichs Vaters gewesen, vielleicht ein Studienkollege. Seine Mutter mochte den Freund nicht recht. Er war ihr wohl unheimlich, obwohl er sie immer sehr freundlich und zuvorkommend behandelte. Möglicherweise fürchtete sie den Geist, den er in Friedrichs Heim verbreitete, das Unstete, Umtriebige, Waghalsige. Er kam viel herum in der Welt, blieb selten länger an einem Ort, war ohne Familie und Kinder, ungebunden und ganz Herr seiner Zeit. Eine Erbschaft hatte ihn auf einen Schlag von allen finanziellen Sorgen befreit. Eindringlich berichtete er Friedrichs Vater von seinen zahlreichen Reisen, in derart grandios ausschmückender Manier, dass man mehr von Abenteuern denn von Reisen sprechen konnte. Sein Vater hing an seinen Lippen, mit angehaltenem Atem und namenloser Spannung, von seiner Mutter argwöhnisch von der Seite betrachtet. Er sprach von den heißen Wüsten Afrikas, von den schneebedeckten Gipfeln der Anden, von urzeitlichen Wäldern und den im Nebel verschwindenden Fjorden Skandinaviens. Alles schien er bereist zu haben, über alles schien er Bescheid zu wissen. Auch Friedrich lauschte seinen Worten, verstand aber nicht viel vom Gesprochenen. Seine Welt war klein und überschaubar, sie reichte kaum ein paar Kilometer weit, alles jenseits dieser kindlichen Grenzen war ein ferner Spuk, eine Illusion, ein unerreichbares Zauberland, das zu bereisen er sich niemals erkühnen könnte. Wenn er mit dem Blonden und den Dicken durch die nahe gelegenen Wälder streifte, wagten sie sich nie sehr weit vor, und wenn es sich doch einmal reizte, den von sich bewohnten Bereich zu vergrößern, so geschah dieses in kleinen Schritten, stückweise und nie ohne die nötige Vorsicht walten zu lassen. Schon das nächste Tal konnte ihnen fremd und wild erscheinen und ein ungeheures Unterfangen, dort hinab zu steigen. Bereits wenige hundert Meter jenseits der ihnen bekannten Welt mussten bizarre urtümliche Pflanzen wachsen, krochen gefährliche angriffslustige Raubtiere durch das Unterholz und schien eine fremde kalte Sonne, deren Strahlen den Wald in ein unheimliches und unbegreifliches Licht tauchte. Der Blonde war der Mutigste von den Dreien. Seine Unbekümmertheit trieb Friedrich an, ließ ihn Gefahren nicht sehen oder sie missachten und hielt Friedrich und den Dicken ebenfalls dazu an. Sie folgten halb widerwillig, mit pochendem Herzen und einem flauem Gefühl in der Magengegend, aber doch auch mit dem prickelnden Gefühl, das die Begegnung mit dem Unbekannten auszulösen imstande war. Viele Jahre später jedoch erschienen Friedrich selbst die

fernsten und unzugänglichsten Gebirgszüge, die entlegensten Inseln im tiefen blauen Ozean und die engen hohen Gassen nie besuchter orientalischer Städte nicht so wunderbar und rätselhaft wie jene wenige Meter, die sie sich damals in neues Gebiet vorgeschoben hatten. Mit jedem gewagtem Schritt musste damit gerechnet werden, dass die Naturgesetze sich aufhöben, dass sich das Unterste nach oben kehrte und einem das Ungeheure und gänzlich Unerwartete seine monströse Fratze zeigte. Die unzähligen Gesichter aber, in die er Äonen später blickte, glichen sich auf erschreckende Weise, mochte ihm nun aus kleinen verkniffenen Augen Misstrauen oder gar Verschlagenheit entgegentreten oder aus großen lachenden die wärmste Zuneigung. Wo Elend und Not herrschte, waren die Gesichter blass und ausdruckslos, die Wangen eingefallen, die Augen in tiefen Höhlen verborgen, der Gang unsicher und zögernd, die Kleidung abgetragen oder zerrissen, wo ihm dagegen Wohlstand und Sicherheit entgegentrat, da lachten die Menschen, war ihr Blick standhaft und strahlend, ihr Sinn auf das so genannte Höhere gerichtet und ihr Geist nicht von der kleinlichen Sorge um das Alltägliche belastet, wie bei jenen Elenden. Keiner, den er traf, überraschte Friedrich schließlich noch, keine seiner Geschichten vermochte ihn noch zu begeistern und fort zu tragen in jenes Zauberland vergangener Tage, in dem jeder weitere Schritt Ungeahntes zu Tage befördern konnte. Überall dasselbe Streben und Trachten, dieselben Wünsche, Träume, Ängste und Sorgen.
Er war schließlich heimgekehrt wie der Mann neben ihm auf der Bank, der seinen Hut unruhig von einer Hand in die andere schiebt. Friedrich betrachtet ihn von der Seite. Manchmal dreht der andere den Kopf weg und blickt müde in die Ferne, wobei er die Augen mit der Rechten beschattet, als blende ihn die

Sonne. Seine Fingerspitzen gleiten über seine Stirn, vor und zurück, verharren schließlich inmitten der Stirn und üben einen leichten Druck aus, als wolle er sich unbedingt an etwas erinnern. Als er sich Friedrich wieder zuwendet, ist die Müdigkeit aus seinen Augen verschwunden, dafür schwimmen sie nun in Tränen, was er zu verbergen trachtet, indem er betont fröhlich tut, Friedrich sogar in die Seite kneift, als wäre dieser noch der kleine Junge, den er einmal kannte. Sogleich zieht er seine Hand wieder zurück, aber nicht gänzlich, sie ist in der Bewegung auf der Hälfte der Strecke erstarrt und hängt nun in der Luft. Sein Mund steht offen, Friedrich kann hinter die quaderförmigen Blöcke auf einen See von Speichel blicken. Er sitzt links von ihm. Seine Augen verraten Erstaunen und Furcht. Seine Hand ist an Friedrichs linker Seite wie an einer Mauer abgeprallt und zurückgeschnellt. Er wagt es nicht, die Stimme zu erheben, sondern starrt aus seinen kleinen blauen Augen auf die Verhärtung unterhalb von Friedrichs Achsel, die er unter dem Mantel nur erahnen kann. Friedrich empfindet eine merkwürdige Genugtuung über dieses Erschrecken. Ein Lächeln huscht über sein Gesicht. Der alte Mann bemerkt es und versucht es zu erwidern, bricht den Versuch jedoch ab, als er feststellt, dass Friedrich nicht aus Verlegenheit lacht, sondern von einem plötzlichen Anflug von Stolz ergriffen, wie ihn einer empfindet, der in großer Runde vor allen anderen ausgezeichnet und belohnt wird, seinen Mitstreitern zum Vorbild dienend. Friedrichs Gegenüber ist verunsichert und rückt ein Stück von ihm weg, zum Ende der Bank hin. Noch immer hängt seine Linke nutzlos in der Luft. Er bemüht sich die Fassung zu wahren und will an das frühere Gespräch anknüpfen. Seine Ratlosigkeit vergrößert Friedrichs Gefühl von Überlegenheit. Auf einmal umklammert Friedrich das

Handgelenk des anderen und zieht ihn wieder zu sich her. Er soll die Beule noch einmal berühren, nicht flüchtig, sondern bedacht und ausgiebig. Mit aller Kraft zerrt Friedrich am Arm des Anderen. In dessen Augen, die nun auf die eigene Hand und den sich immer weiter verringernden Abstand zwischen dieser und Friedrichs Seite gerichtet sind, flackert Panik. Er versucht zu entfliehen und sich Friedrichs Griff zu entwinden. Voll Schrecken erkennt er, dass sich der Abstand immer weiter verringert, er starrt auf Friedrichs Seite wie einer, der mit seinem Bein im Gleis stecken geblieben ist und panisch den herannahenden Zug fixiert. Friedrich drückt noch stärker zu und entlockt ihm einen Ausruf des Schmerzes. Auf dem Handrücken des Alten treten fast fingerdicke Adern hervor. Ein triumphierendes Lachen entrinnt Friedrichs Kehle. Dann lässt er los. Einen Moment lang zögert der Alte, dann stürmt er davon, seinen Hut lässt er liegen. Immer wieder blickt er zurück, während er stolpernd davoneilt. Friedrich sitzt da und lacht. Lacht aus vollem Hals.

Wieder daheim. Er hätte den Alten nicht so verschrecken sollen, vielleicht hätte jener noch einige interessante Geschichten zum Besten geben können. Einerlei. Friedrich sitzt wieder auf seiner Couch, auf die rechte Seite gestützt, die linke schmerzt. Vor ihm liegt eines der alten Alben. Einige Fotos sind herausgerissen. Die verbleibenden erzählen von seiner späten Schulzeit, von den Jahren, in denen der Blonde und der Dicke längst entschwunden waren. Der eine hatte es nicht auf die höhere Schule geschafft, der andere hatte sie nach wenigen Wochen wieder verlassen müssen, kaum zu Friedrichs Verdruss, denn er war ihm zu diesem Zeitpunkt nicht mehr näher gestanden als irgendjemand sonst. Neue Kontakte

knüpfte er keine. Er suchte keine. Er blieb allein. Mit äußerster Verbissenheit verfolgte er das Klassenziel, ganz auf sich allein gestellt, keinem half er und keiner half ihm. Er wurde zum von allen gemiedenen Sonderling. Das Versagen der anderen beglückte ihn, machte ihn umso stolzer auf seine eigenen Errungenschaften, sein eigenes Versagen dagegen stürzte ihn in tiefe Verzweiflung. Allein, wie er war, musste er der Beste sein. Immer der Beste. War er es nicht, hasste er den, der ihm überlegen war und strebte danach, ihm zu schaden, wo er nur konnte. Den Lehrern biederte er sich an, faule und nachlässige Mitschüler bekamen seine Verachtung zu spüren.
Auf einem der Fotos erblickt er sich selbst im Kreise seiner Mitschüler. In zwei Reihen aufgestellt, wobei die kleineren im Vordergrund knien, starren sie in die Kamera. Dreizehn oder vierzehn Jahre sind sie wohl alt. An ihrer Seite steht ein Lehrer, ein noch relativ junger Mann, den er in recht guter Erinnerung behalten sollte. Um seinem Auftreten mehr Würde und Gewicht zu verleihen, trägt er einen Vollbart. Seinen klugen kleinen Augen blicken den Betrachter freundlich an. Friedrich selbst stehe relativ mittig in der zweiten Reihe. Die Sonne blendet ihn, er kneift die Augen ein wenig zusammen. Seine dünnen Arme hängen an der Seite herab. Die rechte Schulter hat er etwas nach vorne geschoben, ein Mitschüler drückt wohl von hinten nach. Schräg vor ihm kniet eine Mitschülerin. In einem runden weißen Gesicht blicken zwei große dunkle Augen unter dicken Brauen. Ihre Nase ist fein gezeichnet, ebenso die schmalen Lippen über einem deutlich hervortretenden Kinn. Ihr langes dunkles Haar ist nach hinten gekämmt und zu einem Pferdeschwanz zusammengebunden. Immer suchte Friedrich ihren Blick, immer beobachtete er sie von der Ferne, keinen Moment ließ er sie aus den Augen. Sie

war ausgenommen von aller der Verachtung, die er für alle anderen empfand. Ihr Lächeln war ihm das Höchste, ein strenger Blick konnte ihn vernichten. Meist beachtete sie ihn nicht, behandelte ihn wie alle anderen auch und ahnte wohl nichts von seiner stillen Sehnsucht. Diese aber wuchs und wuchs. Und wurde schließlich beinahe unerträglich. Kein Augenblick, an dem er nicht an sie dachte. Jeden Moment des vergangenen Morgen, jedes ihrer Worte, ihre Gesten, jeden Ausdruck in ihrem Gesicht rief er sich am Nachmittag, wenn er daheim auf seinem Bett lag und durch das Dachfenster in den Himmel blickte, wieder ins Gedächtnis. Schließlich spürte sie es. Und mochte es wohl erwidern. Tat hier und da einige zögerliche und nicht ganz eindeutige Schritte, empfand vielleicht ähnliches, wartete auch, eine kleine Weile wenigstens.

In den höheren Klassen saßen die Schüler nicht mehr zu zweit in Bänken, sondern waren nebeneinander an einer langen ununterbrochenen Reihe von Tischen platziert, die die Form eines Hufeisens hatte, der Tisch des Lehrers befand sich mittig zwischen den langen Schenkeln des in dieser Weise geformten U. Sie saß ihm schräg gegenüber und schien zu warten. Manchmal warf sie ihm im Unterricht unbestimmte Blicke zu, er sah es, wenn er aus den Augenwinkeln hinüber schielte. Sie vermittelte dabei den Eindruck, den Worten des Lehrers zu folgen, hatte ihren Oberkörper zu ihm hingedreht, die Hände vor sich auf die Tischplatte gelegt und die Stirn in Falten geworfen, als dächte sie nach. Und doch sah er, wie ihre Augäpfel immer wieder nach links rollten, so dass ihn ihr wartender Blick traf. Bemerkte sie, dass ihm das nicht entging, schaute sie weg, aber nicht wie jemand, der sich bei einer ungehörigen Handlung ertappt weiß, sondern langsam und bedächtig, als hätte sie nichts zu verbergen und wolle sogar, dass ihm ihre auf sich gerichtete Aufmerksamkeit nicht entginge. Nie richtete er jedoch ein ernstes Wort an sie, es blieb bei Belanglosigkeiten und ganz allgemeinen Dingen. Eine Weile hatte sie Geduld mit ihm und ließ sich ihre wachsende Verärgerung nicht anmerken, sie suchte sogar seine Nähe, hielt sich bei Ausflügen neben ihm oder nahm bei Busfahrten an seiner Seite Platz. Im Sommer besuchte die Klasse bisweilen ein nahe gelegenes Schwimmbad. Eines der beliebten Spiele bestand darin, dass die Jungen eine ihrer Mitschülerin auf die Schultern nahmen und die so entstehenden Zweiergespanne gegen andere solche Teams in der Weise rangen, dass die sich unten befindenden Jungen als Stützhilfe für die auf ihren Schultern sitzenden Mädchen dienten, deren erklärtes Ziel es war, die anderen Mädchen von den Schultern ihrer Träger zu stoßen. Dabei stand man in bis zur Brust reichendem Wasser, so dass sich die im Kampf umgeworfenen Gespanne bei ihrem Sturz auch nicht verletzten. Unter lautem Geschrei und Gelächter tobte man durch das Nichtschwimmerbecken. Für die sich unten befindlichen Jungen war es wichtig, die Oberschenkel ihrer Mitstreiterin fest zu umklammern und den festen Stand auf dem gekachelten Beckenboden nicht zu verlieren. Manchmal bildete er mit ihr ein Team. Sie im Badeanzug zu erblicken, versetzte sich bereits in eine besondere Anspannung und Erregung. Sie war recht klein und keineswegs schlank oder gar zierlich. Aber ihre Jugend verlieh ihrer weißen Haut die nötige Straffheit und Frische, so dass ihm die sich unter dem etwas zu engen Badeanzug abzeichnenden großen und schweren Halbkugeln und die kräftigen festen Oberschenkel sehr verführerisch erschienen. Wenn sie auf seinen Schultern saß, presste sie diese gegen die

Seiten seines Kopfes. Drehte er diesen leicht, berührten seine Lippen wie beiläufig die schneeweißen Innenseiten ihrer Schenkel, die sich unter der Anstrengung anspannten. Manchmal drückte er wie aus Versehen einen flüchtigen Kuss darauf, der ihr aber im Kampfgetümmel entgehen musste. Die Gewissheit, dass sie ihm ihre Weiblichkeit in den Nacken drückte, trieb ihm kalte Schauer über den Rücken und brachte ihn dem Entschluss nahe, ihr seine Empfindungen zu offenbaren. Aber nicht nahe genug. Manchmal malte er sich den Augenblick seiner Eröffnung in allen Einzelheiten aus, jedes Wort, das er an sie richten wollte, jede Silbe ihrer Erwiderung. Wenn er dann aber an sie herantreten wollte, pochte ihm sein Herz bis zum Hals. Seine Hände schwitzten, die Beine gaben nach. Gab es Augenblicke, in denen er sie schließlich allein antraf, der ersehnte Moment also eingetreten war, versagte er trotz aller guten Vorsätze, auch wenn sie es ihm leicht gemacht und selbst das Gespräch unter vier Augen gesucht hatte. Bei einer Geburtstagsfeier, zu der sie beide eingeladen worden waren, wurde am späteren Abend getanzt. Sie griff seine Hand und wollte ihn mit sich auf die Tanzfläche ziehen. Ihm aber wurde bange, er riss sich los und drehte sich ohne ein weiteres Wort herum, fort von ihr, zur Tür hin. Es wurde der Bruch, der nicht mehr zu flicken war. Sie wand sich ab, mied fortan seine Nähe, ging bei Ausflügen an der Seite anderer Mitschüler und nahm im Bus ganz hinten Platz, während er vorne saß. Er hatte sie verloren, ohne sie jemals besessen zu haben. Seiner Sehnsucht tat es keinen Abbruch. Noch immer verfolgte er jede ihrer Bewegungen, jeden Satz, den sie von sich gab, jeden Ausdruck auf ihrem Gesicht. Zunächst kümmerte es sie nicht. Dann empfand sie seine Blicke als Belästigung.

Sie drehte sich weg, lief davon, bedachte seine Sehnsüchte mit spöttischen Gesten und einem Ziehen der Mundwinkel nach unten. Er litt sehr, aber genoss es auch, wie es einer genießt, der keinen Ausweg mehr kennt, der auf dem einmal eingeschlagenen Weg ausharren muss, unbedingt ausharren, was da auch kommen möge. Der mit zusammengebissenen Zähnen weiter voran schreitet, auch wenn es kein voran mehr gibt. Schließlich entschwand auch sie in der Menge der vielen anonymen Gesichter, die eine Zeit lang ein Stück seines Weges mit ihm gegangen waren, ehe sie zurücktraten und nur als Erinnerung in ihm weiterlebten. Jahre später, als sich ihre Wege für immer trennen sollten, trat sie noch einmal und ein letztes Mal aus der Masse der ihm Gleichgültigen hervor, verlieh die Zeit des nahenden Abschieds ihrem Antlitz den alten Glanz, packte ihn ein letztes Mal das Verlangen früherer Jahre, welches eine flüchtige Scheinblüte erfuhr. Sie empfand nichts dergleichen. Sie behandelte ihn höflich und desinteressiert. Beim Abschiedsfest sah er sie auf der Bühne sitzen, er selbst stand am Ausgang. Sie hatte sich an den Rand vorgeschoben, ihre Beine baumelten in der Luft. Sie hatte sich ein wenig zurückgebeugt und gegen die Brust einer ihrer Mitschüler gelehnt, der seine Hände auf ihre Unterarme legte, die sie auf ihre Knie stützte. Sie drehte den Kopf zur Seite und küsste ihn zärtlich auf den Mund. Er erwiderte ihren Kuss leidenschaftlich. Er war ein netter junger Mann, fleißig, freundlich und zuvorkommend zu jedermann, beliebt auch bei den Lehrern. Er wusste nicht, dass die beiden ein Paar waren. Es war ihm entgangen. Und obwohl er sich eigentlich längst von ihr abgewandt hatte, sie eigentlich nur noch ein Schatten war, gewann dieser Schatten doch für einen Augenblick wieder die Festigkeit, die er einst besessen hatte und die ihm ewig gedünkt hatte, trat unter allen anderen Schatten überdeutlich hervor, überstrahlte alles, was seit jenen fernen Tagen geschehen war. Noch einmal war er der Junge, an dessen Seite sie sich hielt, dessen Arm sie bisweilen ergriff und auf den sie wartete. Die Jahre, die dazwischen lagen, schrumpften zu einem Nichts zusammen und verloren jede Bedeutung. Aber nur für ihn. Nicht für sie. Sie schaute nicht herüber, als sie dort auf der Bühne in den Armen des anderen lag. Er war nicht mehr vorhanden für sie. Er hatte sich in Luft aufgelöst. Schon vor langer Zeit. Eine Weile hielt er sich am Ausgang und schaute hinüber. Dann fasste er ihm ein Herz und ging hinaus. Hinaus in die kalte Nacht. Die Luft, die er in seine Lungen zog, schmerzte.

In einer der hinteren Reihe steht ein schlaksiger Junge mit Locken, die seinen runden Kopf wie ein Helm umgeben und zu schützen scheinen. Ein Auge kneift er zusammen, das andere blickt freundlich in die tief stehende Sonne. Er trägt einen ausgeleierten Pullover, dessen Ärmel seine Hände, die vor dem Schoß gefaltet hat, fast verbergen. Wenn er einen besten Freund in jenen späteren Jahre hatte, dann ihn, mögen zu einer Freundschaft auch mehr Dinge gehören als jene, die sich verbanden. Der andere war ein gewissenhafter und fleißiger Schüler, was ihm Friedrichs Sympathie einbrachte. Von den anderen wurde er mit leichtem Spott bedacht, wie Friedrich selbst auch. Es war nicht die Art von Spott, die überall lauert, die einem das Leben vergällt, die einem nicht in Ruhe lässt, sondern die, welche eher still und unscheinbar daherkommt, subtil beinahe und die eher einer Flucht denn einem Angriff gleicht. Er hielt sich oft in seiner Nähe, in den Pausen am Morgen und auch in der Zeit zwischen dem

Unterricht am Vormittag und dem am Nachmittag. Sie hatten geheime nur sich bekannte Zeichen entwickelt, mit denen sie sich scherzhaft verständigten. Da wurden Worte abgehackt, verdreht oder mit neuen Endungen versehen. Sie erschufen einen besonderen Gruß, den sie nur untereinander benutzten und der darin bestand, den eigenen rechten Unterarm parallel zu dem des Gegenübers zu legen und diesen mit der rechten Hand zugleich zu umfassen. Sie waren Tischnachbarn, einige Jahre lang. Trotz aller Nähe beschränkte sich ihr Kontakt auf die Zeit in der Schule. Nie trafen sie sich sonst. Nie gingen sie gemeinsam ins Kino oder ein Eis essen. Im Sommer sahen sie sich wochenlang nicht. Aber es genügte, es sollte gar nicht anders sein.

Was hätten sie sich sagen sollen, das sie sich nicht schon in der Schule gesagt hatten? Sie gehörten in gewisser Weise zusammen, solange sie gemeinsam die Bank drückten, wie zwei beinahe gleichaltrige Brüder, die, solange sie dem Elternhaus nicht entwachsen sind, eine Einheit bilden, die jedoch sogleich zerfällt, sobald jeder seine Wege geht oder gehen kann. In der Schule waren sie wie Brüder, im Leben Fremde, die eine Erinnerung teilten. Es war ihm das Natürlichste. Ein Ganzes, solange es andauerte, danach nichts mehr. Besser als ein Halbes. Besser als all die Halbheiten, die folgten, die aus reiner Sucht nach Nähe verbrachten Abende auf trögen Studentenfeierlichkeiten, die bis weit in die Nacht hineinreichten und bei denen man über die Maßen dem Alkohol zusprach, so dass der nächste Tag zum Jammertal wurde, besser als die einen in späten Jahren nie verlassende Furcht vor dem Allen Sein, vor dem Verlust von Freundschaften, deren Existenz man beständig aufs Neue überprüfte und anzweifelte, besser als das ziellose

Hindurchtreiben von einem Tag in den nächsten, ohne Hoffnung auf Veränderung, besser als der tiefe Schrecken, der einem befiel, wenn die Veränderung dann doch kam und die vermeintlich so lieb gewonnenen Gewohnheiten auseinanderbrach, so dass man Chancen hinterher trauerte, die nie welche gewesen waren. Außer ihm hatte er nicht viel. Die Klasse war eine Gemeinschaft, die aus einem Zwang heraus bestand, etwas von oben zusammengefügtes, das ihm jedoch durch seine Unausweichlichkeit unentbehrlich wurde, wie einem Vater und Mutter unentbehrlich sind, ungeachtet aller Auseinandersetzungen. Es spielte keine Rolle, dass er gemieden wurde. Es war unbedeutend, dass sich die anderen schnitten und er sie. Sie konnten ihm nicht entkommen. Jeden Tag waren sie aufs Neue da, gleich was zuvor geschehen war oder was jemals geschehen würde. An jedem Morgen saßen sie zusammen und lauschten den Ausführungen der Lehrer. Der Verlust dieser Gemeinschaft war nicht vorstellbar. Sprachen die anderen in späteren Jahren von der Zukunft, von der Zeit danach, von der Freiheit, von den Möglichkeiten, vom in die Fremde gehen, trat ihm der Schweiß auf die Stirn und er schloss die Augen. Die Gegenwart war ihnen etwas zu Überwindendes, ihm war sie etwas zu Erhaltendes, etwas Ewiges. Die Gemeinschaft funktionierte auch nur dort, in jenem unansehnlichen und praktischen Bau aus den Siebzigern, und unter keinen anders gearteten Umständen. Als sie für mehrere Tage auf Klassenfahrt waren, in die Berge nämlich, litt er unsäglich unter einem Gefühl des Heimwehs. Er wollte nicht unterwegs sein, auch wenn es mit jenen war, die er als seine Familie betrachtete. Es gehörte sich nicht. Es fügte sich nicht ein in das Übliche und Natürliche. Er weinte den ganzen Tag und verdarb ihm und den anderen den Spaß. Er zählte die

Tage bis zur Rückkehr und war überglücklich, als es dann so weit war. Nur an wenigen Stunden des Tages, meist am frühen Abend, wenn die Sonne in den Bergen bereits untergegangen war und die Kühle der kristallklaren Nacht die Lungen füllte, entspannte er sich, erwachte er aus jenem Dämmerschlaf, in dem er die meiste Zeit des Tages verbracht hatte und der einem Zustand glich, in dem man nicht bei Sinnen ist. Dann fühlte er sich frisch und stark, wie einer, der von einer langen und schweren Krankheit genesen wieder die ersten Schritte tut, das erste Mal wieder vor die Tür tritt und die Welt nicht mehr als feindlichen und fremden Ort betrachtet, sondern als Schauplatz seiner Gesundung. Der Zustand hielt eine geraume Zeit an, er ließ ihn wieder lachen und Späße machen, er näherte sich seinen Mitschülern wieder, wollte wieder aufgenommen sein, wollte gemocht sein. Manchmal hielt er bis in die Nacht an. Als er am Morgen jedoch erwachte, begann es von neuem. Er litt auch sonst viel Furcht. Mehr als die meisten. Die Anspannung, die sich an den Tagen, an denen Klausuren ins Haus standen, bereits am Morgen befiel, verursachte ihm Bauchschmerzen, die sich bisweilen erst am Nachmittag wieder verließen. Manche Lehrer zogen es vor, die Arbeiten nicht im Klassenraum schreiben zu lassen, sondern in einem großen dunklen Raum unter der Turnhalle, wo jeder an seinem eigenen Tisch saß. Sie versammelten sich bereits einige Minuten zuvor vor einer schweren braun gestrichenen Kunststofftür, die sie in einen langen engen Gang entließ, der schließlich vor jenem besagten Raum endete. Öffnete der Lehrer oder die Lehrerin die erste Tür, rannten sie los, weil jeder hoffte, einen besonders günstigen Platz zu erhaschen. Das Herz schlug ihm bis zum Hals, wenn er los rannte. Die Menge zerstob in dem finsteren niederen Raum in alle Richtungen. So saß er dann an seinem Tisch irgendwo im vorderen Bereich, von grimmigen Bauchschmerzen geplagt. Über ihm rannten andere Schüler in der Turnhalle hin und her, so dass immer wieder ein polterndes über die Decke huschendes Geräusch zu vernehmen war. War die Arbeit abgegeben, begann die eigentliche Pein, das Grübeln, die Selbstzweifel, das erschreckte Aufdecken der Fehler, durch einen selbst oder durch andere, das Warten, das endlose Warten. Kein Vergleich zur Gelassenheit späterer Jahre, einer Gelassenheit, die bereits ins Gleichgültige hinüberspielte und in keinem Verhältnis zur Wichtigkeit der zu bewältigenden Aufgaben stand, genauso wie es in jenen frühen Jahren der Fall gewesen war, nur mit umgekehrten Vorzeichen. Was mit innerem Kampf, mit großer Anspannung begonnen hatte, verblich nach und nach, verlor an Bedeutung und wich einer beinahe spielerischen Leere, die ihm hier und da nicht minder merkwürdig und unnatürlich vorkam, die ihm jedoch auf der anderen Seite auch wie die gerade natürliche und einzig zu gebende Antwort auf den gepressten Zustand der frühen Jahre schien. Vor einigen Monaten war er wieder bei seiner alten Schule gewesen. Es war ein schöner Sommertag. Die Sonne war bereits hinter dem Gebäude versunken, so dass es in ein warmes und mildes Licht getaucht vor ihm lag. Er ging quer über den Platz, allein und in Gedanken versunken. Man hatte manches geändert, neue Bäume gepflanzt, hier und da eine Sitzgelegenheit eingerichtet und eine große metallene Konstruktion inmitten des Innenhofes errichtet, die geringe Ähnlichkeit mit einem Pferd hatte, ansonsten aber einer bizarrem Fabelwesen glich und vielleicht das Resultat eines Kunstprojektes der Schüler gewesen war. Vieles war wie ehedem. Und doch war nichts zu spüren von der Gespanntheit, von der Furcht und der Ungewissheit, die dort vor Jahren diesem Platz und diesem Gebäude seine für sich besondere Note gegeben hatten. Die Erinnerungen waren längst verblasst und hatten auch ihren bittersüßen Beigeschmack verloren. Was ernst und schwer gewesen war, war nun unerheblich. Nicht leicht, nicht beflügelnd, nicht aufbauend, nur unerheblich. Relativiert. Er erinnerte sich freilich an die Zeiten, als alles von Bedeutung war und bedeutend sein musste, als es keine Kleinigkeiten gab, nur folgenschwere und unumkehrbare Ereignisse, an denen eine ganze Welt zerbrechen konnte. Er erinnerte sich, aber nicht mehr. Die Erinnerung hinterließ einen faden Beigeschmack, weil sie sich daran ermahnte, dass die Zeit alles umzuwälzen und schließlich zu vernichten imstande ist, dass sie keinen Stein auf dem anderen lässt, dass es keine Hoffnung gibt, die sie nicht zerstören, keine Ziele, die sie nicht hinweg zu fegen vermag. Dass es schließlich keinen Glauben gibt, den sie einem nicht rauben kann. Die Zeit relativiert. Sie macht müde. Alle Furcht, alle Anstrengung, alle Mühen waren umsonst gewesen. Keine Welt wurde zerstört, nur die eigene.

Den späten Jahren haftete etwas Künstliches und Zufälliges an. Tanja war künstlich gewesen. Es verband sich mit ihr nichts oder nur Geringes, sein Herz raste nicht, wenn er sich ihr näherte, er dachte nicht stundenlang an sie, schlich ihr nicht nach, nur um zu sehen, was sie wohl gerade täte, wie es bei dem Mädchen mit dem Pferdeschwanz gewesen war. Mit mäßigem Interesse lauschte er ihren Worten oder Ausführungen, aber nicht mit Inbrunst oder Hingabe. Zufällig war sie in sein Leben getreten und eine Weile an seine Seite geblieben. Es hätte auch anders kommen können. Ein geringfügig anderer Entschluss, eine hauchdünne Abweichung

vom tatsächlich Geschehenen, ein Jota einer Veränderung, und sie wären sich niemals begegnet. Der Gedanke daran schreckte ihn nicht. Nüchtern erwog er die Möglichkeiten, die sich nie ergeben hatten, weil nun einmal so entschieden worden war. Aber nicht aus einer Bestimmung heraus, nicht schicksalhaft, sondern rein zufällig. Das Mädchen mit dem Pferdeschwanz war vielleicht sein Schicksal gewesen. Tanja war es nicht. Jeder Schmerz, den er ihr zufügte, war wie zufällig entstanden, er traf sie im Kern, aber nicht ihn. Ihn traf nichts im Kern, was sie anging. Jeder neue Tag mit ihr begann und endete zufällig, nichts zwang sich in eine bestimmte Bahn, trieb sich an, ließ sich ein Ziel verfolgen. Es gab keine Ziele, nur Zufälle. Nur Zufälle.
Selbst Jonathan war künstlich. Wie künstlich erschaffen und ihm in den Schoß gelegt. Wenn er mit ihm allein auf dem Spielplatz war und er im Sandkasten hockte, hielt er manchmal mit dem Spiel inne und rief nach ihm. Mit seiner Schaufel in der kleinen Kinderhand hatte er den Sand in ein Eimerchen gehoben und den Eimer umgedreht, aber zu langsam, so dass der Sand nicht zusammen gehalten und also auseinander gefallen war. Er machte es ihm dann vor, stülpte den Eimer schnell um, hob ihn sanft an und hinterließ zu Jonathans großem Erstaunen einen kleinen stabilen Zylinder aus dem grobkörnigen Stoff. Dann lachte er und sagte „Danke, Papa!". Manchmal drückte er ihn auch. Dann schauten die anderen Eltern, die mit ihren Kindern da waren, herüber und lächelten. Einen Moment lang war er stolz und glücklich. Wenn er dann aber zu seinem Platz zurückging, sich wieder auf die Bank setzte, auf der er zuvor gesessen war und über die Schar der spielenden Kinder hinweg sah, schien ihm Jonathan wie jedes Kind, wie irgendein Kind, dem ein Fremder durchaus mit

Wohlwollen, aber doch auch mit Zurückhaltung von der Ferne her zuschaut, ehe er wieder seiner Wege geht und an andere Dinge denkt. Dann tat ihm der Kleine leid, unsäglich leid, weil er wusste, dass er seinen Sohn im Stich lassen musste, dass es unabänderlich so kommen würde, wie es kommen musste. Er ging seiner Wege und ließ Jonathan zurück. Wenn er an ihn denkt, denkt er an das Kind, das sich von seiner Mutter an der Hand fort gezogen noch einmal umwendet, den kleinen Arm hebt, so dass die Ärmel der Jacke zurückrutschen, und winkt, so wie es nur kleine Kinder tun und Erwachsene beinahe nie. Seine zierliche Hand klappt im Gelenk auf und nieder, die Finger leicht gespreizt. Wenn er an ihn denkt, dann an seinen traurigen Blick beim Abschied, sein Stolpern, da er nicht auf den Weg achtet und wie er schließlich um die Ecke verschwindet. Aber er fehlt ihm nicht. Er erinnert sich an ihn, an sein Lachen und sein Weinen, seine Freunde und seinen Zorn, aber er fehlt ihm nicht.

Nach einer sehr unruhigen Nacht erwacht Friedrich bereits am frühen Morgen. Die Sonne ist noch nicht aufgegangen. Trübes Grau liegt hinter den Fenstern. Friedrich steht auf und überprüft den Zustand der Beule im Spiegel. Es ist nun keine Beule mehr. Es ist etwas anderes. Kaum noch überrascht erkennt er, dass sich entlang des Übergangs zwischen Ausbuchtung und seinem restlichen Körper ein mäßig dichter Haarkranz gebildet hat, der auf der Oberseite aber unterbrochen ist. Die Adern treten dort deutlich hervor, ebenso einige Falten auf der Stirn. Zwei feine Haarlinien zeichnen sich unterhalb ab und für einen Moment wird Friedrich doch übel, als er begreift, was sich darunter, weiter zu seiner Brust hin, schließlich bilden muss. An der Vorder-

und Rückseite haben sich die knorpeligen Gebilde zu kleinen Ohren geformt, die aber erst zur Hälfte aus seinem Brustkorb ragen. Der fremde Kopf an seiner Seite fühlt sich hart und etwas fettig an, als er mit der Rechten darüber streiche. Auch vermeint er ein leichtes Zucken zu spüren. Später am Tag liegt Friedrich mit nacktem Oberkörper auf der Couch und wartet. Die Stille ist wieder zurückgekehrt und lauert. Aber er beachtet sie nicht. Sie hängt in den Ecken des Raumes über ihm und dröhnt ein wenig in seinen Ohren. Und nicht nur in seinen. Bisweilen schieben sich die Falten auf der Stirn des anderen zusammen und verharren einen Augenblick, ehe sie sich wieder entspannen. Friedrich wartet den ganzen Tag, die nächste Nacht und wieder einen Tag. Er trinkt Unmengen Kaffee, um sich wach und bei Sinnen zu halten. Dennoch ist er für einen Moment eingeschlafen. Als er erwacht, liegt er auf seinem rechten Unterarm. Er blickt hinüber, er blickt in zwei Augen. Unterhalb der feinen Brauen auf der Oberseite der Beule sind sie aus seinem Brustkorb getreten. Er weiß nicht, wann. Ob vor einem Moment oder vor vielen Stunden. Sanft blicken sie ihn an. Sie sind braun wie seine Augen. Die Wimpern sind ungewöhnlich lang und stehen einem Fächer gleich vom Auge ab. Das Weiß außerhalb der Iris ist ein wenig gerötet. Er begreift: Es sind seine Augen. Seine eigenen Augen. Sein Kopf. Dieselbe zerfurchte und unregelmäßige Stirn, dieselben kleinen und verschnörkelten Ohren, dieselbe spärliche Behaarung, dieselben Augen. Einen Moment lange fühlt er Panik, aber er kann sie zurückdrängen. Er will nicht hinschauen. Nur nicht hinschauen. Wenn er wegsieht, vielleicht sieht der andere dann auch weg. Zwischen den Augen des anderen erhebt sich bereits halbkegelförmig die Nasenwurzel, die ihm verrät, dass es noch kein Ende hat, dass noch mehr kommt, fast zuletzt der Mund, der sprechen wird. Es wird mit ihm sprechen. Mit seiner Stimme wird es sprechen. Werden die Worte dann Friedrichs Worte sein? Ihm graut davor. Schnell zieht er ein Shirt über und bedeckt den Kopf. Der andere schließt die Augen jedoch nicht, seine Wimpern machen ein feines und kaum merkliches Geräusch, während sie beim Blinzeln am Stoff entlang streichen. Auch als Ganzes scheint er sich dagegen wehren zu wollen, denn der Kopf bewegt sich ein wenig nach rechts und dann nach links, nur wenige Millimeter freilich, soweit es ihm eben möglich ist. Er möchte nicht zugedeckt werden. Friedrich ignoriert den Ausdruck der Empörung und streift noch einen Pullover über, was die Bewegungen des Kopfes etwas dämpft. Fürs erste scheint er sich in sein Schicksal zu fügen, denn er hält nun ganz still. Friedrich legt seine Hand auf die Stelle des Pullovers, wo sich die Augen befinden müssen. Er hat sie geschlossen. Vielleicht schläft er. Oder ruht sich aus. Aber wovon muss er sich ausruhen? Was sollte ihn anstrengen? Er ist doch eben erst zur Welt gekommen.

Auch Friedrich ist müde und schließt die Augen. Auf seiner Couch sitzend schläft er ein. Wieder träumt er von seinem Verfolger: Eng umschlungen stolpern sie durch einen dunklen Raum. Wieder schiebt sein Peiniger seinen Kopf unter Friedrichs linken Arm hindurch und presst ihn auf dessen Seite. Ein namenloser Schmerz durchfährt Friedrich. Der andere ist mit der Stirn in ihn eingedrungen, schon verschwindet sein halbes Gesicht in Friedrichs Körper. Friedrich blutet nicht. Er verschmilzt mit dem anderen. Dort, wo dieser und er selbst aneinandergrenzen, weicht das Gewebe auf, wird flüssig und durchlässig. Immer tiefer taucht der andere in ihn ab, nach und nach verschwinden Kopf, Schultern und Brust. Friedrich verspürt keinen Schmerz mehr, lediglich ein warmes Gefühl an der Seite, als würde sie von einer externen Quelle erhitzt. Seine Bemühungen, den Fremden wieder aus sich herauszuziehen, scheitern kläglich, er kann ihn nicht greifen. Der Oberkörper des anderen ist nun vollständig in ihm verschwunden, ohne dass er selbst an Gewicht gewonnen hätte. Es scheint, als würde der Teil, der bereits in ihm verschwunden ist, heftig mit den Armen rudern, um auch den Rest zum Eintauchen zu bewegen. Noch ragen seine Beine heraus, aber schon beginnen auch sie sich zu heben und den Kontakt mit dem Boden zu verlieren. Sie scheinen sich sogar abzustoßen, um das Eintauchen zu erleichtern. Friedrich wehrt sich nicht mehr. Er lässt den Fremden gewähren und beobachtet, wie jener nun auch mit den Oberschenkeln in ihm verschwindet und nur noch Unterschenkel und Füße aus seiner Seite herausschauen, wie aus dem Maul einer gewaltigen Schlange, die einen Säugetier verschlingt. Das warme Gefühl durchdringt nun seinen Brustkorb. Er beugt sich zurück und erleichtert damit dem Fremden das Eindringen. Den Blick hat er abgewendet, dennoch spürt Friedrich, dass der andere nun vollständig in ihm verschwunden ist. Seine Seite hat sich wieder geschlossen und das Gewebe dort die alte Festigkeit angenommen. Er tastet mit der rechten Hand darüber, ohne eine Besonderheit zu bemerken. Das warme Gefühl jedoch wird zu einem Brennen in Brust und Bauchhöhle und weitet sich rasch auf Arme und Beine aus. Es ist nicht unangenehm. Er fühlt sich wohl. Auch als es den Kopf erreicht und ihm den Schweiß auf die Stirn treibt, genießt er es beinahe. Er ist den Fremden los. Er wird nicht wiederkehren.

Plötzlich erwacht Friedrich. Im Schlaf war er auf die linke Seite gesunken und hatte den anderen also eingeklemmt.

Dessen panische Bewegungen, die freilich nur in einem leichten Zittern bestanden, mussten ihn geweckt haben. Seine Augen sind geöffnet, wie Friedrich feststellt, als er seine Hand unter den Pullover schiebt und sie direkt auf das halbe Gesicht des anderen presst. Seine Augendeckel schlagen gegen die Innenseiten von Friedrichs Hand. Dieser entfernt seine Hand und legt sich wieder auf die linke Seite. Das Gewicht seines Oberkörpers drückt den anderen in die Sitzfläche, was etwas schmerzt, so als ob man sich auf einem harten Ball ausruhen möchte. Der so Gequetschte wehrt sich wieder, indem er seinen Kopf, also sich selbst, soweit es ihm möglich ist, abwechselnd nach rechts und links zu drehen. Er hört nicht auf, solange Friedrich auf ihm liegt. Schließlich hält Friedrich es nicht mehr aus und richtet sich wieder auf. So ist dem anderen nicht beizukommen. Friedrich ist noch immer müde und geht ins Bett. Den Pullover zieht er aus, da ihm warm ist. Lediglich ein leichtes T-Shirt verdeckt das Antlitz des anderen. Als Friedrich das Licht löscht, gibt auch der andere Ruhe. Vielleicht will auch er schlafen. So wollen sie für diese Nacht Frieden halten. Friedrich und er. Als Friedrich einschläft, hat er den anderen bereits vergessen. Er ist nicht mehr da. Seine linke Seite ist wie die rechte. Keine bizarre Ausbuchtung entstellt sich länger. Friedrich ist wie jeder andere. Er geht seinem Beruf nach, hat Familie und Freunde. Der kleine Jonathan springt ihm zwischen den Beinen umher. Er ist schon ein großer Junge und kommt bald in die Schule. Friedrich ist stolz auf ihn. Er ist ein liebes Kind. Er schaut zu seinem Vater auf. Dieser packt ihn und wirft ihn in die Höhe. Der Kleine lacht. Er brüllt vor Freude. Sein Vater ist bei ihm. Er ist sicher. Er kann sich auf seinen Vater verlassen.

Friedrich erblickt im Traum seinen eigenen Vater, so wie er ihn selbst nicht erlebt hat: Er blickt zur Seite, wohl zum Fenster hinaus. Er ist noch jung, vielleicht etwas über dreißig Jahre alt. Er lächelt und lässt eine Reihe nicht ganz makelloser zu weit auseinander stehender Zähne sehen. Das Haupthaar trägt er schulterlang wie damals üblich. Seine etwas zu kleinen Augen strahlen, er freut sich. Wenn sich Friedrich an ihn erinnert, dann an den Mann einige Jahre später: an eine gepflegte Erscheinung, eine sanfte und hohe Stimme, einen ruhigen bedächtigen Gang, an ein stilles fast schüchternes Lächeln und die konzentrierte Art, wie jener seine großen schweren Hände auf der Tischplatte übereinander legte. Er erinnert sich an seine Umarmung, die gar nicht zurückhaltend war, sondern voller echter Hingabe und Liebe zum Spross, an seine aufmunternden Worte, seine Ratschläge, seine Güte. Nie wurde er laut. Nie erhob er die Stimme über das gebührliche Maß hinaus, immer wusste er sich ohne Streit und ohne Lärm zu helfen. Er schien in sich zu ruhen, er schien ausgeglichen und überlegt. Aber er war es nicht. Er hielt etwas in sich verborgen. Er hielt sich zurück, sich selbst hielt er zurück. Etwas von ihm trat nie nach außen, teilte er niemanden mit, lag ihn ihm versteckt, immer. Friedrich begriff es nicht.
Sein Vater war ein guter Mann. Als er ihn verlor, verlor er viel. Wenn er in den letzten Tagen mit ihm sprach, hatten seine Augen etwas Trauriges und manchmal auch Leeres, als sähe er selbst ein, dass er gescheitert war und dass sein Scheitern unumkehrbar war. Dann nahm er seinen Vater in den Arm. Der Tod kam an einem Sonntag im Frühling. Die Luft war dünn und würzig. Sein Vater war mit seinem Wagen unterwegs. Allein. Er fuhr auf einer Bundesstraße, als auf der gegenüber liegenden Spur ein Fahrzeug zum Überholen ausscherte. Es

war aber kein Platz zum Überholen. Das Fahrzeug stieß frontal auf das Auto seines Vaters, der sofort tot war. So sagte man Friedrich später. Sofort tot. In einem einzigen Moment ausgelöscht. Aus der Welt genommen. Ende des Dramas. Seines Dramas. Eines Dramas, das keiner kannte, das keiner kennen durfte, das keiner verstand. Lange stand Friedrich an seinem Grab, nachdem der Sarg hinunter gelassen worden war. Den Kopf gesenkt, die Hände ineinander gelegt harrte er viele Stunden lang am Fußende des kleinen rechteckigen Vierecks aus, das die letzte Ruhestätte markierte. Er sprach mit ihm, er wollte ihm sein Geheimnis entlocken, sein Verborgenes aufdecken, ihn aus der Deckung zwingen. Aber es misslang. Er hielt dicht. Sein Vater nahm das Schweigen in sich mit hinüber.

Friedrich schaut fern: Die Kanäle wechseln in raschem Tempo. Manchmal bleibt er hängen. Oft bei grauenhaften oder lustigen Sachen. Ein Politiker gibt ein Interview. Ein ungeheuer fetter Mann mit aufgequollenen Lippen und kleinen blinzelnden Augen hinter dicken Brillengläsern. Beim Sprechen rümpft er bisweilen die dicke Knollennase. Unterhalb seines Kinns tritt ein langer schwabbeliger Schlauch aus dem Hemdkragen hervor, der von einem Ohr zum nächsten reicht. Die Haut in seinem Gesicht ist gerötet und mit kleinen Pusteln bedeckt. Unruhig verlagert er sein enormes Gewicht immer wieder von einem Bein auf das andere, während er Rede und Antwort steht. Seine Stimme klingt ungewöhnlich hohl und überschlägt sich oft, was er durch ein hier und da eingeschobenes Räuspern und sich daran anschließende kurze Pausen in den Griff zu bekommen sucht. Er fühlt sich unwohl. Gibt leere inhaltsleere Phrasen von sich. Lässt sich nicht festlegen, antwortet ausweichend und unverbindlich. Auch bei mehrmaligem Nachfragen bleiben seine Aussagen nichts sagend, bedeutungslos. Als ob er gar nichts sagte. Friedrich hat die Heizung aufgedreht und sitzt wieder mit nacktem Oberkörper auf seiner Couch. Auch der andere will fernsehen. Seine Pupillen hängen in den Augenwinkeln. Auf dem Bildschirm folgt nun ein Sketch dem nächsten. Friedrich lacht. Auch der andere lacht. Friedrich sieht es am Strahlen seiner Augen und dem leichten Auf und Ab des Kopfes. Sie lachen. Friedrich will nicht, dass der andere lacht. Er hat nicht zu lachen. Er bedeckt ihn mit einem Tuch. Aber auch ihm selbst ist das Lachen vergangen. Er geht ins Badezimmer und entfernt das Tuch. Der andere starrt ihn. Mitleid und Verständnis liegen in seinem Blick. Ganz ruhig schaut er von unten herauf. Friedrich möchte, dass der andere wegschaut. Er legt seine Hand auf dessen Gesicht. Als er sie wieder entfernt, blickt er ihn noch immer an. Friedrich nimmt die Schere, die auf der kleinen gläsernen Ablage unterhalb des Spiegels liegt und mit der er sich die Nägel schneidet. Sie hat kurze spitze Flügel, die in einen schwarzen Griff aus Kunststoff gebettet sind. Er schiebt Daumen und Zeigefinger in die kreisrunden Öffnungen. Ein paar Mal lässt er die Flügel auf und zu schnappen. Dabei beobachtet er den anderen. Die Ruhe ist aus seinem Blick verschwunden. Er kneift die Augen ungläubig zusammen und hat die Stirn in Falten geworfen. Als Friedrich die Schere über seinem Gesicht kreisen lässt, wird er von Panik ergriffen. Seine Augen suchen nach einem Halt und kreisen rasch in den Höhlen. Er versucht, sich zur Seite zur drehen, was ihm freilich nicht möglich ist. Dicke Schweißperlen treten ihm auf die Stirn. Die Augen zu schließen wagt er nicht. Friedrich platziert die Spitzen der leicht geöffneten Schere auf dessen Wange. Der Andere verdreht die Augen. Als Friedrich sanften Druck ausübt, schließt er vor Schmerz kurz die Augen. Friedrich erhöht den Druck. Ein bisschen Blut tritt aus der Wange. Auch Friedrich selbst spürt den Schmerz, so als ob ihm einer leicht in die Seite stäche. Er zögert, ehe er die Schere tiefer in die Wange bohrt. Der andere reißt die Augen weit auseinander, aber auch ihm selbst bleibt die Luft weg. Die Wange blutet jetzt heftig. Friedrich zieht die Schere aus der Wunde und bewegt sie in Richtung Augen, die der andere auf der Stelle schließt. Ganz sanft setzt Friedrich einer der Flügelspitzen auf dem rechten Augenlid ab, das heftig zuckt. Er lässt die Spitze über das Lid gleiten, bis sie den wimpernbesetzten Rand erreicht. Dann öffnet er mit dem Daumen seiner rechten Hand das Lid, das der andere umsonst wieder zu schließen trachtet. Er hebt die Scherenspitze leicht an und hält sie über die vor namenlosem Schrecken geweitete Pupille. Sie will ausweichen, nach rechts, nach links, nach oben, nach unten, aber er folgt ihr. Endlich kommt sie zur Ruhe. Nur wenige Millimeter trennen das Instrument von der Linse. Der andere scheint sich nun zu fügen. Aber Friedrich hält inne. Er fürchtet sich vor dem Schmerz. Wird der Stich ins Auge des anderen wie ein Stich ins eigene Auge sein? Wird es ein ganz unbekannter Schmerz sein, wenn er zusticht? Wie mag es sich anfühlen, wenn einer einem eine Schere ins Auge sticht? Wird es Friedrich auf dieselbe Weise wie der andre spüren? Er lässt das Lid los und legt die Schere also auf die Ablage zurück. Die brennende Wunde auf der Wange versorgt er mit einer Salbe und klebe ein Pflaster darüber. Der andere scheint erleichtert. Der Schrecken ist ein wenig aus seinen Augen gewichen und hat einer Andeutung von Erleichterung Platz gemacht. Dennoch betrachtet er Friedrich misstrauisch, der ihn wieder mit einem Tuch bedeckt.

Ganz langsam schälen sich zarte Konturen aus dem dunklen Einerlei. Friedrich kann sie nicht einordnen. Sie sind ihm fremd. Über ihm erheben sich schemenhaft zwei dunkle relativ schmale Röhren, die durch ein Gelenk miteinander verbunden sind. Die etwas entfernte Röhre ist ein wenig dicker, während die ihm nähere auf seiner Stirn liegt und an ihrem Ende in mehrere kurze Streifen ausgefranst scheint. Sie fühlt sich warm an. Jenseits der beiden Röhren hebt und senkt sich in gleichmäßigen Abständen eine leicht gewellte Fläche, an deren Seite die Röhren befestigt sind. Oben auf der Fläche sitzt ein kugelförmiges Gebilde auf, durch eine kurze dicke Röhre mit jener verbunden. Auf der Vorderseite der Kugel erhebt sich eine kegelförmige Spitze mit zwei Löchern an der Unterseite. Auch sonst ist die Kugel nicht ganz glatt. Unterhalb des Kegels befindet sich wohl eine Öffnung, deren Ränder von zwei Schwülsten umlagert sind, oberhalb erahnt Friedrich eine Vertiefung, die von einer leicht zitternden Klappe bedeckt ist. Er möchte all diese fremden Objekte näher betrachten, schafft es aber nicht, sich zu erheben. Auch den Arm kann er nicht bewegen. Nichts kann er bewegen, selbst den Kopf kann er kaum anheben. Er kneift die Augen zusammen, um besser sehen zu können. Tatsächlich treten die ihm fremden Gegenstände nun deutlicher hervor. Maßloses Erschrecken ist die Folge. Sofort schließt er seine Augen wieder. Er träumt. Er muss träumen. Er sammelt seine Kräfte. Aber es nutzt nichts. Als er die Augen wieder öffnet, sind sie aller wieder da, die Röhren, die sich bewegende Fläche und die Kugel. Er weiß nun, was er sieht. Er sieht sich selbst. Die Röhren sind Ober- und Unterarm. Die Fläche die Brust. Die Kugel der Kopf. Sein Kopf. Sein Kopf, der eben noch auf seinen Schultern saß. Ein

Kopf, der nun schläft. Er selbst aber ist wach. Und nur Kopf. Nicht Brust, nicht Arme, nicht Hände, nicht Rumpf, nicht Beine. Nur Kopf. Friedrich ist der andere. Er ist die Beule, die Wucherung an der Seite, das, was ihn, was den anderen entstellt, was er, was der andere verbirgt. Seine Wange schmerzt. Die Stelle, an der sich selbst mit der Schere verletzt hat. Die Wärme des Unterarms auf seiner Stirn ist unerträglich. Der andere soll den Arm entfernen. Aber der schläft. Friedrich muss träumen. Es kann nicht anders sein. Die Beule an der Seite ist etwas Fremdes und Krankes. Sie muss weg. Weg. Dennoch fürchtet er sich. Er kann nichts tun. Gar nichts. Kein Arm zum Schlagen, kein Bein zum Davonlaufen, kein Mund zum Sprechen. Nur die Augen zum Sehen. Um alles zu sehen. Alles. Wach auf. Wach endlich auf. Er bittet den anderen: „Lass mich nicht mehr die Beule sein!" Wieder presst er seine Lider auf die Augäpfel. Nur an etwas anderes denken: Er ist fern von hier, an einem anderen Ort, in einer anderen Zeit. Jonathan ist wieder da. Er hat ihn nicht verlassen. Er läuft hinter ihm her und ruft Papa. Papa, Papa! Friedrich nimmt ihn an der Hand und zieht ihn mit sich fort. Der Kleine schaut zu ihm auf und lächelt. Wenn er voran läuft, dann nur ein kleines Stück, ehe er sich umdreht und prüft, ob sein Vater ihm folgt. Sie spazieren über eine grüne Wiese. Es ist warm. Zahlreiche bunte Blumen blühen. In den Bäumen zwitschern die Vögel. Jonathan ist ausgelassen. Hinter Friedrich und vor ihm kreuzt er den Weg, während er umher springt und die farbigen Pflanzen knapp über dem Boden abbricht. Er sammelt für einen Strauß. Als seine Rechte keine weiteren Blumen mehr fassen kann, kommt er angelaufen und präsentiert Friedrich das bunte Allerlei. Als Friedrich den Strauß entgegennimmt, quietscht sein Sohn vor Glück und umklammert sein Bein. Friedrich legt

seine Hand auf Jonathans Kopf und fährt mit den Fingern durch das dünne Haar.
Dann ist alles fort: Wieder vergehen Minuten, in denen er lauscht. Aber die Stille dröhnt in seinen Ohren. Er kann nichts hören. Er muss die Augen öffnen. Langsam heben sich seine Lider. Wieder erkennt er zunächst nichts. Völlige Dunkelheit. Erst nach und nach verfliegen die Schatten und Konturen werden sichtbar. Sein Kopf ruht auf einem Kissen. Ihm gegenüber eine Wand. Sonst nichts. Er ist wieder der eine, nicht mehr der andere. Aber auch der andere ist wach. Friedrich blickt an seiner Seite hinunter in vor Entsetzen geweiteten Augen.
Eben noch war er der andere gewesen, jetzt ist er wieder zurück. Für eine Weile. Der andere weiß, was geschehen ist. Deshalb das Entsetzen. Und daneben Zufriedenheit, wie sei einer empfindet, der einem anderen etwas Schreckliches vor Augen führen musste und es nun schließlich getan hat, trotz der Scheu und der Bedenken, es zu tun. Und doch fürchtet Friedrich den anderen nun noch mehr. Wenn dieser ihm ganz fremd wäre, ihm ganz unähnlich, eine bizarre Entstellung der Natur, eine widerwärtige Entartung, dann ginge das noch an, dann könnte er ihn außerhalb seiner selbst stellen, den Kopf abschlagen, mit dem er nichts zu schaffen hat, sich reinigen von derartigen Widerwärtigkeiten, aber dem ist nicht so. Wenn er auch in ihm steckt, wenn sich einer, der genau wie er ist, dasselbe denkt, dieselben Erinnerungen und Hoffnungen teilt, durch diese Augen an seiner Seite anschaut, wenn er selbst also darin steckt, wie ihn dann los werden? Wie der Sache Herr werden? Wie sich von ihm distanzieren? Vielleicht blickt er durch diese Augen auf sich selbst und leidet? Leide maßlos. Kann sich nicht wehren. Kann nur schauen und warten. Darauf

warten, dass er mehr und mehr aus jenem anderen mit seinem ganzen Gesicht, seinem Hals, seiner Brust, seinem Armen und seinen Beinen auftaucht und sich mitteilen kann. Dass er also einen Mund bekommt und sprechen kann. Mit ihm selbst sprechen kann. Friedrich graut davor, dass jener andere an seiner Seite er selbst ist. Der soll ihn nicht anschauen. Der soll wieder schlafen. Er selbst will auch schlafen. Friedrich greift den anderen mit beiden Händen, umklammert dessen Schädel mit seinen gespreizten Handflächen. Zunächst ruhen seine Daumen auf seiner Stirn, aber da der andere ihn weiter anblickt, legt er sie nun auf die fremden und doch eigenen Augen, die jetzt geschlossen sind. Ein feines Zittern durchfährt die Beule. Friedrich drückt zu. Erst verhalten, dann stärker. Aber auch er selbst spürt den Schmerz, nun nicht mehr an der Seite, sondern in seinen eigenen Augen. Als würde ihm ein dritter seine Daumen auf die Lider pressen. Je mehr er den Druck erhöht, desto mehr erhöht sich auch der Druck auf seine eigenen Augäpfel. Er beginnt, bunte Flecken zu sehen, die von links nach rechts und dann von oben nach unten durch sein Blickfeld huschen und ihn für einen Augenblick in ihren Bann ziehen. Dann nur noch Schwarz und ungeheure Schmerzen, die den vorderen Bereich seines Kopfes wie mit Klammern umfassen. Den Rest des Körpers spürt er nicht mehr. Er ist nur noch Kopf, nur noch Stirn, nur noch Auge. Nichts ersehnt er mehr, nichts ist wichtiger als die Überwindung dieser Schmerzen. Alles jenseits davon tritt zur Seite, ist unerheblich, es wundert sich, wie es je hat eine Rolle spielen können. Er kann sich nicht mehr ablenken, kann an nichts mehr denken. Schließlich lässt er ab und entfernt seine Hände. Der Schmerz erlischt. Eine warme Welle der Erleichterung durchströmt ihn, beinahe ein Gefühl des Glücks.

Am Morgen klingelt es an der Tür. Zögerlicher als beim ersten Mal steigt Friedrichs Kollegin die wenigen Stufen hinauf und wartet im Türrahmen, als frage sie sich, ob der Eintritt gestattet sei. Sie schämt sich ob ihres plötzlichen Abgangs beim letzten Mal und ist daher unsicher, ob Friedrich wohl einen Groll gegen sie hegt. Das tut er nicht. Im Gegenteil. Ihr Besuch ist ihm willkommen: Zunächst als Ablenkung. Dann aber zeigt sich auch, dass der unerwartete Kuss nicht so unangenehm gewesen war, wie er vermutet hatte. Er bitte sie mit einem freundlichen Lächeln herein. Ein dicker Pullover verbirgt seine entartete Seite vor ihren Blicken. Ihre Verlegenheit gibt ihrer Erscheinung einen besonderen Reiz. Er fühlt sich zu ihr hingezogen. Sie meint, dass man sich im Büro bereits große Sorgen um ihn mache, aber doch hoffe, ihn dort bald wieder begrüßen zu dürfen. Er bedankt sich und versichert ihr, dass auch ihm sehr daran gelegen sei, er jedoch ganz sicher noch einige Zeit daheim bleiben müsse. Nach der Art seiner Krankheit zu fragen, wagt sie nicht. Freilich schielt sie hier und da auf seine linke Seite, die durch den Pullover doch nicht so vollständig verdeckt wird, dass sie der rechten gleicht. Dennoch hält sie sich zurück. Er bitte ihr einen Platz an. Wieder möchte sie Tee. Als sie sich gegenüber sitzen, will das Gespräch nicht so recht in Gang kommen. Sie hält ihre Tasse zwischen beiden Händen und führt sie häufig für einen winzigen Schluck zum Mund. Dabei erkundet ihr Blick den Raum. Ihre vollen Lippen sind stark geschminkt, so dass sich ein roter Rand am Rand der Tasse abzeichnet. Der Zeigefinger ihrer rechten Hand bewegt sich auf der Tasse vor und zurück. Ihr Haar ist schwarz, dick und schulterlang. Wieder trägt sie eine Bluse, unter der sich die Form ihres Busens deutlich abzeichnet. Ihr Hals, der frei bleibt, ist von einer zarten Blässe, unterbrochen von feinen bläulichen Adern. Es verlangt ihn nach ihr. Er möchte seine Lippen auf ihren Hals drücken und seine Hände auf ihre Brüste legen. Sie bemerkt seine Blicke und duldet sie. Er zögert nicht länger, steht auf und geht langsam auf sie zu. Sie wendet sich ihm zu, als wüsste sie, was nun kommt. Er beugt sich zu ihr herab und küsst sie. Sie hält still, dann erwidert sie den Kuss. Gierig saugt sie an seinen Lippen. Seine Zunge findet die ihre. Er schiebt seine Hand in ihren Ausschnitt und umschließt eine der großen Kugeln mit einem sanften Griff. Sie weicht für einen Augenblick etwas zurück. Dann drückt er stärker zu. Sie würde ihm gerne noch einmal entrinnen, wehrt sich aber nur halbherzig und eigentlich nur, um den Anschein zu wahren. Er zieht sie zu sich hoch und schiebt sie sogleich vor sich her, zum Schlafzimmer hin. Seine andere Hand hat den Weg zu ihren kräftigen Oberschenkeln gefunden und gleitet unter ihren Rock. Sie bleibt stehen, presst die Beine zusammen und schiebt ihn von sich. Aber selbst in diesem Schieben ist ihr Widerstand lasch und nicht ernst gemeint. Sie keucht. Auf ihren flaumbesetzten Wangen haben sich rote Flecken gebildet. Ihre Pupillen sind geweitet und starren ihn an. Sie will darauf hinweisen, dass es so schnell nicht gehen solle, dass man warten müsse, dass sie deshalb nicht gekommen sei. Er weiß, dass sie lügt. Sie ist deshalb gekommen. Sie weiß es selbst. Er zerschmettert ihren Widerstand, der keiner ist, indem er sie wieder an sich heranzieht und küsst. Es scheint, dass sie sich überwältigt glaubt, besiegt und ihm also willenlos ergeben, denn seine Hand zwischen ihren Schenkeln stört sie nicht länger. Sie stöhnt leicht auf. Den kaum merklichen Gegendruck, den sie ausübt, während er sie weiter vor sich herschiebt, ignoriert er.

Sie will besiegt sein. Sie muss besiegt sein. Sie hat nun keine Chance mehr. Als sie das Bett erreichen, schleudert Friedrich sie von sich. Einem Moment lang ist sie erschrocken, überlegt kurz, ob es nicht besser wäre, dem ganzen nun Einhalt zu gebieten, es auf eine scherzhafte und spielerische Art zu beenden, ihn auf später, auf einen gänzlich unbestimmten Zeitpunkt zu vertrösten Aber sie ist nicht entschlossen genug. Er ist es. Mit beiden Händen reißt er ihre Bluse auf und drückt seinen Kopf, Auge, Nase, Zunge auf ihre noch vom Büstenhalter bedeckten Brüste. Er schiebt ihn darüber hinweg und presst seinen Mund auf die steil aufgerichteten Warzen. Wieder stöhnt sie auf. Dennoch ist ihr seine Raserei auch unheimlich und fremd. Friedrich blickt sie nicht mehr an. Er will nicht mehr in ihren Augen blicken. Augen haben alle. Braune, blaue, grüne. Beliebige Augen. Austauschbar. Ihren Körper will er. Mit den Händen presst er ihre Brüste, bis es sie schmerzt. Und doch stöhnt sie auch. Ihr Stöhnen wird lauter, als er sein Gesicht in ihrer Weiblichkeit vergräbt. Sie legt nun ihre Hände auf seinen Hinterkopf, will ihn wohl auch wegschieben, aber kann es nicht recht. Sie ist verloren. Er weiß, dass sie verloren ist. Sie kann ihm nicht mehr entkommen. Er lässt es nicht zu. Sie ist sein Opfer. Er schiebt seine Hände unter ihr Gesäß, hebt es an und dreht sie herum, so dass sie auf dem Bauch zu liegen kommt. Er zieht sie zu sich heran, so dass sie kniend vor ihm kauert. Ihre zögerlichen Versuche, sich wieder flach auf den Bauch zu legen, wehrt er leicht ab. Er drängt sich an sie heran, dringt in sie ein. Sie will es selbst. Sie hat sich ergeben. Ihr Stöhnen verrät es. Er bewegt sich vor und zurück, immer schneller und mit immer kräftigeren Stößen. Ihm ist heiß. Trotzdem er befürchten muss, dass sie erschrickt, dass sie sich vor ihm fürchtet, zieht er seinen Pullover über den Kopf und schleudert ihn von sich. Noch sieht sie nichts. Die Augen hat sie geschlossen. Friedrich blickt in den großen Spiegel an der Wand. Die Muskeln an seinen Armen und seiner Brust sind angespannt. Er schwitzt. Aber auch der andere schwitzt. Als Friedrich zu ihm hinunterblickt, sieht er auch dessen Lust. Die Augen hat er zu ihr hinübergedreht. Gierig gleitet sein Blick an ihrer drallen Gestalt entlang. Mitten auf seiner Stirn prangt ein Blutgefäß, das beinahe senkrecht vom Haaransatz zur Nasenwurzel verläuft. Auch an seinen Schläfen treten grünliche Adern hervor. Friedrich beugt seinen Oberkörper ein wenig zurück, er will nicht, dass der andere sie sehen kann. Sie ist sein Opfer. Friedrich meint, dass auch der andere stöhnt, ganz leise, aber doch ohne jeden Zweifel. Sein Gesicht ist vor Anstrengung und Gier gezeichnet, wie Friedrichs eigenes. Auch er weiß, dass sie ein Opfer ist. Sein Opfer. Ihr gemeinsames Opfer. Schwach, wehrlos, weich und rund. Dann geschieht es. Sie dreht den Kopf nach links und blickt nach hinten. Sofort erstarren ihre Bewegungen. Das blanke Entsetzen steht in ihren Augen. Aber es ist einerlei. Sie ist verloren. Sie will sich freilich von ihm lösen, nach vorne hin entweichen, aber sie kann es nicht. Mit beiden Händen hat er ihren Kopf ergriffen und hält ihn fest. Jetzt versucht sie es intensiver, gerät in Panik. Ein Zucken durchläuft ihren Körper. Er wendet sich zu dem anderen. Auch der schaut ihn an. Sein Blick ist kalt und konzentriert. Er billigt sein Tun. Friedrich dreht ihren Kopf zur Seite. Sie erstarrt für einen Moment. Die Furcht raubt ihr die Kraft. Noch immer schaut der andere ihn an, gespannt und neugierig. Fast meint Friedrich, der andere triebe ihn an. Mit einem kräftigen Ruck dreht Friedrich den Kopf seiner Kollegin so weit zur rechten Seite, wie es ihm möglich ist. Er vernimmt ein Splittern wie

von Holz. Ihr Genick ist gebrochen. Einen winzigen Moment lang hört er einen feines Röcheln, dann bricht sie zusammen. Ihr Blick irrt noch einige Sekunden lang im Raum umher, dann wird er starr. Sie ist tot. Sie haben gemordet.
Er wuchtet sie vom Bett. Laut polternd stürzt der Leichnam zu Boden. Er kniet sich neben sie und schiebt sie unters Bett, was ihm zunächst nicht gelingen will, weil er mit seinen Füßen keinen Halt findet und daher keinen Druck ausüben kann. Erst als er die Beine gegen die Wand stemmt, sich streckt und also fast auf dem Bauch liegt, gelingt ihm das Unterfangen. Als sie von der Seite auf den Rücken fällt, glaubt er einen Augenblick lang, dass sich ihre toten leeren Augen anstarren. Rasch blickt er weg und lässt sie nun gänzlich unter seiner Bettstatt verschwinden. Sein Herz rast wie wild, aber er fühlt keine Schuld, nur Erleichterung. Sie haben gemordet. Es musste sein. Sie war das Opfer. Dafür war sie gekommen. Auch er weiß es. Als Friedrich zu ihm hinabblickt, hat der andere die Augen geschlossen. Seine Lider liegen ruhig auf den Äpfeln. Kein Zucken. Er ruht aus. Sie sind erschöpft. Vom Beischlaf wie vom Töten. Beides war unausweichlich gewesen. Friedrich schließt die Augen. Bald schläft er ein. Ein traumloses Dunkel umfängt ihn. Der Fremde ist verschwunden. Er wird nicht zurückkehren.
Als Friedrich am Mittag erwacht, ist auch er bereits wach. Friedrich blickt zu ihm hinab: Dort, wo der andere in ihn übergeht, wo der Bereich unter seiner Nase plötzlich und nicht differenzierbar in seinen Oberkörper übergeht, wölbt sich etwas. Dort stößt nicht mehr Haut an Haut. Der unmittelbar an ihn angrenzende Bereich ist leicht angeschwollen, gewölbt, erhoben und von anderer Konsistenz, nämlich weicher und dunkler. Lippen. Bald wird er sprechen können. Obgleich er

ihm näher ist als noch Tage zuvor, fürchtet sich Friedrich doch und muss kurz innehalten, um nicht die Fassung zu verlieren. Er will nicht, dass der andere spricht. Wenn der andere Friedrich selbst ist, was soll er dann sagen? Wird er mit Friedrichs Stimme sprechen, einer Stimme, die Friedrich nicht kennt, weil sie aus ihm selbst kommt und ihm daher, wenn er ihr auf Tonbändern lauscht, so fremd und doch vertraut scheint? Er weiß, dass der andere auftauchen wird. Seine Augen blicken zuversichtlich.

Friedrichs eigener Kopf dröhnt. Ihm fällt ein, dass sie noch unter seinem Bett verstaut ist. Als er sie wieder darunter hervorzieht, ist sie bereits völlig kalt und bläulich angelaufen. Ihre Augen sind immer noch geöffnet. Es gelingt ihm nicht, sie zu schließen, so sehr er sich auch bemüht. Aber es stört ihn nicht. Ihr Blick ist unmenschlich, entleert, tot. Er greift unter ihre Arme und schleift sie über den Boden zur Abstellkammer hinüber. Dort mag sie verweilen, bis ihm einfällt, was mit ihr geschehen soll. Er öffnet die Tür und schiebt sie hinein. Es ist nicht viel Platz darin. Die Tür lässt sich nur schwer wieder schließen. Sie drückt von innen dagegen, will nicht dort bleiben, will heraus. Aber er stemmt sich dagegen. Es gelingt ihm schließlich, die Tür zu schließen. Er dreht den Schlüssel herum und zieht ihn ab.

Die Augen strahlen. Dort, wo der andere in ihn eintritt oder aus ihm herauskommt, ist dessen Oberlippe bereits unverkennbar als solche zu erkennen. Noch ein kleines, vielleicht auch nur ein winziges Stückchen noch, und sie wird sich ganz aus ihm gelöst haben, ein Stück seiner Mundhöhle wird sichtbar sein, und er wird Geräusche machen können. Er wird zischen, wenn er nicht sprechen kann. Fauchen wie eine Katze. Er sieht es ihm an. Friedrich erkennt seine kindische Freude, seine

Ungeduld, seine grenzenlose alles verzehrende Ungeduld. Immer wenn er an seiner Seite hinunterblickt, trifft ihn sein Blick, der dem eines Sprinters vor dem Startschuss gleicht. Er ist angespannt und konzentriert. Friedrich graut davor, ihn anzuschauen. Ihm graut so sehr davor. Der andere wird zischen, pusten und fauchen. Auch Jonathan zischte und pustete und grunzte in der Nacht, wenn er in seinem Bettchen aufwachte und nicht wusste, wo er war. Er wälzte sich von einer Seite zur andern, schlug mit dem Kopf gegen das hölzerne Gitter seines kleinen Bettchens und wusste nicht, wie ihm geschah. Dann hob Friedrich ihn hoch, lehnte seinen Puppenkopf gegen seine Schulter und ging auf und ab. Bald beruhigte der Kleine sich. Er warf seinen Kopf in den Nacken und schaute ihn aus seinen großen dunklen Augen interessiert an, als wolle er wissen, wer ihn da aus seinen Alpträumen errettet hätte. Manchmal lächelte der Junge. Aber nur selten. Wenn Friedrich durch das Zimmer schritt, den kleinen hilflosen Körper auf dem Arm, starrte sein Sohn auf die an ihm vorbeiziehenden Wände, als wären sie das Allererstaunlichste. Alles war so neu für ihn, so fremd, so unerhört. Dann schlief er ein. Friedrich legte ihn in sein Bettchen zurück, deckte ihn zu und beobachtete ihn noch ein Weilchen. Den Kopf hatte er zur Seite gedreht, die kleinen Finger an seinen Händen schienen etwas zu greifen, den Mund hatte er gespitzt, die fein gewölbten Lippen bewegten sich auf und ab. Wovon träumte er?

Friedrich schaut wieder in die Kammer, wo sie liegt. Kleine dunkle Flecken haben sich auf Gesicht und Oberkörper gebildet. Ihre Lippen sind eingefallen und blass. Sie erscheint wächsern wie alle Leichen, die er in seinem Leben gesehen hat, fremd und unmenschlich. Sein Großvater sah so aus, als er ihn in seinem Sarg ruhend betrachtete. Eine Puppe, die nichts mehr mit ihm gemein hatte. Nur eine Puppe. Er fürchtet sich daher nicht, die Leiche zu berühren, auch wenn ihn vor dem leicht süßlichen Geruch, den sie verströmt, doch ein wenig ekelt. Der andere blickt befremdet und ist bemüht, seine Augen abzuwenden. Aber auch er hat gemordet. Auch er muss dafür gerade stehen, also stellt sich Friedrich so in die Nähe der Leiche, dass der andere ihr nahe ist, dass er nicht ausweichen kann. Dieser quittiert seine Bemühungen dadurch, dass er seine Lider nun fest auf die Augäpfel drückt und die Stirn in Falten wirft.Friedrich weiß nicht, wohin mit der Leiche. Also schließt er die Tür zur Kammer wieder. Er müsste die Leiche los werden, sie an einem sicheren Ort verstecken, sie zerteilen oder vergraben, sie unter allen Umständen aus der Wohnung schaffen, aber er weiß, dass er es nicht kann. Es ist ihm nicht möglich. Es führt zu nichts. Es verlängert nur. Es zögert hinaus, aber es löst nichts. Er muss dafür gerade stehen. Er muss dafür gerade stehen. Sie beide müssen. Er wird es einsehen. Er muss. Er muss.

Der andere zischt und faucht und lässt Friedrich keine Ruhe. Er will sprechen, aber grunzt und schlürft und rülpst nur und versucht es mit sämtlichen unartikulierten Lauten, die denkbar sind. Friedrich will schlafen, aber der andere lässt ihn nicht. Friedrich sitzt auf dem Boden und lehnt mit dem Rücken an der Wand. Manchmal fallen ihm die Augen zu, aber der andere sorgt schon dafür, dass er nicht schlafen kann. Er selbst hat ja lange genug geschlafen, er konnte sich erholen, wann immer ihm danach zumute war, er unterlag keinen Beschränkungen, ganz Kopf wie er war und ist. Ganz Kopf. Meist versteckt. Ohne Verantwortung. Wie einer, der den ganzen Tag im Bett liegen kann. Keine Aufgaben, keine Ziele, keine Bürde. Nun ist er ausgeruht und quält Friedrich. Ein bisschen Speichel tritt aus der winzigen Öffnung der Mundhöhle hervor, die inzwischen sichtbar ist. Seine Augen strahlen mehr denn je. Er weiß, dass es in ganz kurzer Zeit nicht mehr beim Zischen und Fauchen bleiben wird. Er wird sich artikulieren. Das kleine Rinnsal, das aus dem sich andeutenden Mundwinkel an seiner Seite hinunterläuft, wird versiegen. Er wird sprechen. Er wird keine Ruhe geben. Er wird Friedrich ermahnen. Er wird fragen, warum er dieses und jenes so und nicht anders gemacht habe, warum er in diesem oder jenem Falle nicht anders entschieden habe, warum, warum, warum. Die Bosheit flackert immer wieder in seinen Augen auf, die Vorfreude auf die Möglichkeit, ihn zu quälen. Und doch sind es Friedrichs eigene Augen, die ihn da so widerlich flackernd von unten herauf anstarren. Die gleichen Augen. Nicht der Blick eines Fremden, den er abtun, den er von ihm weisen könnte, vielmehr sein eigener Blick, sein eigener Spott, sein eigener Hohn. Wie mag seine Stimme klingen? Vielleicht erkenne er sie ja gar nicht. Einerlei. Er wird mit seiner Stimme sprechen. Er wird seine Worte wählen, seinen Tonfall, seine Art sich auszudrücken. Er weiß es. Er ist kein Fremder. Er ist ihm erwachsen. Er ist aus ihm herausgewachsen. Er ist ein Teil von ihm, untrennbar.

Friedrich ist müde. Aber er kann nicht schlafen. Der andere zischt und spuckt. Schon ist seine komplette Oberlippe aus ihm herausgetreten. Auch die Mundwinkel, so dass nur noch ein Stück der Unterlippe fehlt. Er sieht angestrengt aus. Dicke Adern treten auf seiner Stirn hervor. Er bemüht, sich Worte zu formen. Seine Zunge scheint aber noch an der Unterseite des Mundinnenraums zu kleben, so dass es ihm schwer fällt. Aber er übt. Er sprudelt, sabbert und stöhnt. Sein Speichel durchnässt Friedrichs Seite. Er wird ihn einen Mörder nennen. Er weiß es. Er wird ihn beschuldigen, ihn verraten wollen. Auf die Straße kann er dann nicht mehr. Er wird es ausposaunen. Aber auch er hat ja getötet. Auch er wollte töten. Sie werden ihm aber nicht glauben. Allein dem anderen werden sie Glauben schenken.

Er wird von Jonathan sprechen, unentwegt, und von Tanja. Er wird von allem sprechen. Er wird von dem Regen und der Kälte auf dem Schulhof sprechen, von dem schmächtigen Blonden und dem gutmütigen Dicken, von den Spielen auf dem Heuboden, von der Sehnsucht nach ihr, die er auf den Schultern durch das Wasser des Schwimmbeckens trug, von der Einen und ihrem Verschwinden, von seinem stillen Kummer, von seinem Müßiggang und der Leere, schließlich aber von Tanja und immer wieder von Jonathan. Immer von Jonathan. Immer von seinem Jungen. Er will nicht, dass er das tut. Friedrich will nicht.

Der andere darf es nicht. Friedrich steht mühsam auf, während der andere weiter röchelt und Worte formen will. Langsam schiebt er sich in die Küche hinüber. Das Gehen fällt ihm schwer, lange hatte er am Boden gelegen oder sich halb sitzend gegen den Bettpfosten gelehnt. Seine Beine brennen. Der andere achtet nicht auf ihn, hat jetzt sogar die Augen geschlossen und bemüht sich weiterhin verkrampft. Manchmal scheint es, als gelänge es ihm. Das Zischen und Röcheln wird differenzierter, als forme sich etwas. Mit müden Gliedern greift Friedrich in die Schublade. Seine Hand bekommt es zu fassen. Er zieht es heraus und hält es über seinen Kopf. Der andere hat noch immer die Augen geschlossen. Die Adern auf seiner Stirn scheinen fast zu bersten. Er hält kurz die Luft an, verformt die

Oberlippe, entblößt die Zähne, da erblickt Friedrich seine Zunge, die nun frei ist, frei alles zu tun, sie verbiegt sich, schlägt oben an, fällt wieder nach unten, der andere holt Luft und öffnet die Augen. Da erblickt er das Beil. Todesangst in seinen weit aufgerissen Augen. Dann ein flehender Blick. Aber noch im Flehen erkennt Friedrich seine dunklen Absichten, seine verborgene Tücke, die eigene Tücke, das Sich Zurücknehmen, die Halbheiten, die fehlende Ehrlichkeit. Der andere spitzt die Lippen. Nur ein Wort noch! Er will es sagen. Aus seinen Augen weicht die Furcht und macht der Entschlossenheit Platz. Seine Brauen senken sich, tiefe Falten bilden sich auf der Stirn. Jetzt will es heraus. Aber Friedrich lässt ihn nicht. Er lässt es nicht zu. Er schwingt das Beil weit hinter seinen Kopf, spannt den Arm und lässt ihn blitzschnell hinabsausen. Kurz bevor die andere und doch eigene Stirn durch die scharfe Klinge in zwei Hälften gespaltet wird, glaubt Friedrich ein Lächeln über seine Lippen huschen zu sehen.

FSC
www.fsc.org
MIX
Papier | Fördert
gute Waldnutzung
FSC® C083411